Yaşar Kemal:
Die Ararat Legende

Deutsch von Helga Dağyeli-Bohne
und Yildirim Dağyeli

Deutscher
Taschenbuch
Verlag

dtv

Von Yaşar Kemal
sind im Deutschen Taschenbuch Verlag erschienen:
Das Lied der Tausend Stiere (10377)
Anatolischer Reis (10704)
Gelbe Hitze (10933)

Ungekürzte Ausgabe
1. Auflage November 1989
Deutscher Taschenbuch Verlag GmbH & Co. KG,
München

Titel der türkischen Originalausgabe:
›Ağri Daği Efsanesi‹

ISBN 3-293-00024-X
Umschlaggestaltung: Celestino Piatti
Satz: IBV Satz- und Datentechnik GmbH, Berlin
Druck und Bindung: C. H. Beck'sche
Buchdruckerei, Nördlingen
Printed in Germany · ISBN 3-423-11147-X
1 2 3 4 5 6 · 94 93 92 91 90 89

Das Buch

Eines Morgens steht ein großer, prachtvoll geschmückter Schimmel vor der Hütte des Hirten Ahmet an den Hängen des Berges Ararat. Das schöne Tier läßt sich nicht vertreiben und kehrt immer wieder zu Ahmet zurück. »Ein Geschenk Allahs«, sagt der Dorfweise, »behalte das Pferd.« Doch der Pascha, aus dessen Stall der Schimmel stammt, ist anderer Ansicht. Mit List und Gewalt versucht er ihn wiederzubekommen. Die Bergbewohner stehen auf Ahmets Seite, selbst als er und andere in den Kerker geworfen werden. Die schöne Tochter des Pascha kann den Gedanken nicht ertragen, daß Ahmet wegen dieses Pferdes enthauptet werden soll, und ersinnt einen Plan, um den Schimmel zurückzuholen... Yaşar Kemal hat diese alte kurdische Legende aus dem Ararat-Gebiet neu erzählt. Sie ist zu einer Parabel politischer Hoffnung, aber auch menschlichen Unvermögens geworden.

Der Autor

Yaşar Kemal wurde 1922 in einem Dorf Südanatoliens geboren und wuchs in größter Armut auf. Schon früh begann er unter dem Einfluß traditioneller Volkssänger Lieder zu improvisieren. Um sie niederschreiben zu können, lernte er als einziges Kind seines Dorfes Lesen und Schreiben. 1955 erschien sein erster Roman ›Memed mein Falke‹ (dt. 1960/1965), mit dem er rasch international berühmt wurde. Weitere in deutscher Sprache erschienene Werke: ›Anatolischer Reis‹ (1979), ›Das Lied der Tausend Stiere‹ (1979), ›Die Disteln brennen‹ (1983), ›Auch die Vögel sind fort‹ (1984), ›Der Wind aus der Ebene‹ (1985), ›Eisenerde, Kupferhimmel‹, ›Das Unsterblichkeitskraut‹ (1986), Romane.

An den Hängen des Ararat-Berges, in einer Höhe von viertausendzweihundert Metern, liegt ein See, Küp-See genannt. Er ist so groß wie ein Dreschplatz, und sein Grund reicht sehr tief hinab – es ist eigentlich mehr ein Brunnen als ein See. Der See, also die Öffnung des Brunnens, ist rings umgeben von roten, glänzenden Felsen mit messerscharfen Kanten. Die weiche, kupferfarbene Erde, die sich am Fuß der Felsen, immer schmaler zulaufend, zum See hin erstreckt, ist von langen Schneestreifen bedeckt. Da und dort sprießt Gras in einem frischen Grün. Dahinter leuchtet das Blau des Sees. Ein außergewöhnliches Blau. Bei keinem anderen Wasser trifft man es an, ein solches Blau gibt es kein zweites Mal. Es schimmert dunkel, weich, samten.

Jedes Jahr zur Schneeschmelze, wenn der Frühling erwacht und aus dem Ararat das wunderbare, taufrische Grün hervorbricht, blühen an den Rändern des Sees oberhalb der dünnen Schneestreifen kräftige, kurzstielige, kleine, scharfriechende Blumen. Ihre Farben leuchten wie Juwelen. Selbst die winzigste unter ihnen trägt ihren Glanz in Blau, Rot, Gelb und Purpur bis in weite Fernen. Die Blumen verströmen einen so scharfen Geruch, daß auch das blaue Wasser und die kupferne Erde des Sees diesen starken, schwindelerregenden Duft angenommen haben. Man riecht ihn schon von weitem.

Und jedes Jahr, wenn auf dem Ararat der Frühling erwacht, stellen sich am Küp-See – gleichzeitig mit den scharfen Düften, den Farben, der kupfernen Erde – die schönen, kräftigen, großgewachsenen Hirten ein, die Hirten des Ararat mit ihren melancholischen schwarzen Augen, den langen, feingliedrigen Fingern und ihren Flöten. Am Fuße der roten Felsen breiten sie dann rings um den See in dem tausendjährigen Frühling ihre Filzumhänge auf der kupfernen Erde aus, um sich darauf niederzulassen. Noch vor Sonnenaufgang ziehen sie die Flöten aus dem Gurt und stimmen das Lied vom Zorn des Ararat an. Es dauert vom Aufgang der Sonne bis zu ihrem Untergang. Und wenn der Tag sich zu Ende neigt, beginnt ein winziger Vogel – weiß wie der Schnee – über dem See seine Runden zu drehen. Ein schlanker Vogel mit langen Flügelspitzen, der Schwalbe ähnlich. Er kreist pfeilschnell über dem See. Ununterbrochen zieht er seine weißen, langen Kreise, die einer nach dem andern in das tiefe Blau des Sees fallen. Genau in dem Augenblick, in dem der Tag der Nacht weicht, hören die Flötenspieler zu spielen auf. Sie stecken ihre Flöten in den Gurt und erheben sich. Der Vogel, der immer noch über dem See seine Runden dreht, schießt jählings, aus vollem Flug, auf das blaue Wasser hinab, streift es dreimal nacheinander mit einem seiner Flügel, schwingt sich dann steil wieder in die Lüfte empor und verliert sich in der Ferne. Mit dem weißen Vogel entfernen sich auch die Hirten, still, einer nach dem andern, allein oder zu zweit, und versinken in der Dunkelheit.

Ein Grauschimmel stand seit dem letzten Abend vor Ahmets Haustür. Er reckte den Hals, und seine weit geöffneten Nüstern schienen das rissige Holz der Türschwelle gewittert zu haben. Als erster sah diesen Schimmel vor Ahmets Tür der uralte Weise, der Weise mit dem sehr langen, schneeweißen Bart. Auf dem Schimmel lag ein mit Tulasilber beschlagener Sattel tscherkessischer Art. Aus feinem Silber war der Steigbügel geformt. Der Weise trat näher an den Schimmel heran und blieb mit gebeugtem Rücken dicht vor ihm stehen. Das Zaumzeug, das von dem mit Gold und Perlmutt beschlagenen Sattelknopf herabhing, war mit Goldfäden durchwirkt. Die Pferdedecke, die unter dem Sattel lag und bis zur Kruppe hinreichte und die einem schon von weitem ins Auge stach, diese Pferdedecke war aus gut gekochtem, besticktem Filz. Das Bild einer Sonne war hineingestickt, eine auffällig orangefarbene Sonne aus längst verflossenen Tagen. Hinter der Sonne reckte ein großer, sattgrüner Lebensbaum seine Äste empor. Auch auf der linken Seite des Schimmels war eine Sonne und ein Baum von derselben Art. Der Weise hatte sie irgendwo schon einmal gesehen. Eine flüchtige Erinnerung streifte ihn. Diese Bilder mußten das Zeichen irgendeines ruhmvollen Stammes, einer ruhmvollen Sippe sein.

Der Weise verharrte einen Augenblick lang reglos, etwas verängstigt, ein wenig verwundert, ein wenig erschrocken zugleich. Wer konnte dieser ruhmvolle, große Gast sein, der Ahmets Haus besuchte? Er überlegte immer wieder, von welcher Sippe, welchem Bey, welchem Pascha dieses Zeichen stammen mochte, kam jedoch zu keinem Schluß. Das Zeichen aber jagte ihm Angst ein. Zeichen dieser Art bringen immer Unheil. Mit ihnen geht die Angst einher.

In dieser Gegend gab es niemanden, der seinen Schimmel so hätte ausstatten können. Außerdem kannte der Weise die Zeichen aller hiesigen Sippen in- und auswendig.

Es war Frühling. Der Schnee auf dem Ararat begann zu schmelzen. Stellenweise schauten weiter unten scharfe rote Felskanten hervor, und da und dort lugten die Spitzen der Märzenbecher aus dem Schnee. In der Ferne zogen mit großen Flügelschlägen Kraniche, in einer Linie aufgereiht, vorüber. Sie flogen hinüber zum Van-See.

Ahmet wußte nichts von all dem. In der Morgendämmerung drang die Melodie einer Flöte aus dem Haus. Der Weise kannte sie seit alters her. Ahmets Großvater, Sultan Aga, hatte schon so gespielt. Auch Resul, sein Vater... Niemand am Ararat übertraf die Männer dieses Hauses in der Kunst des Flötenspiels. Vielleicht niemand sonst auf der Welt. Und wenn es der Weise sagte, hatte es Gewicht. Denn er selbst war hier im ganzen Osten, im Kaukasus, Iran und Turan, als berühmter Flötenspieler bekannt.

Der Weise trat noch etwas dichter an den Schimmel heran. Er prüfte das Zeichen aus der Nähe. Der Schimmel schien der aus dem Haus klingenden Flötenmelodie zuzuhören, ja ihr mit gespitzten Ohren zu lauschen. Ahmet spielte ein Lied vom Ararat aus längst vergangener Zeit, ein Lied vom unerbittlichen Zorn des Ararat. Der Weise selbst hatte es den Flötenspielern vom Ararat beigebracht.

Der Schimmel reckte seinen Hals nun vollends der Melodie entgegen. Auch der Weise... Es war schon lange her, daß er diese Legende gespielt oder gehört hatte. Wie kann in der Melodie einer Flöte ein so riesiger Berg in einen so rasenden Zorn geraten! Des Menschen Sohn steckt voller Rätsel, dachte der Weise, während ihm diese verblüffenden, unglaublichen Möglichkeiten durch den Kopf gingen. Er ist in der Tat imstande, aus dieser dünnen Flöte einen riesigen, brüllenden Berg hervorzuzaubern! Solange die Welt besteht, werden die Menschen alles herausfinden, über den Adlerflug, den Ameisenhaufen, über den Auf- und Untergang des Mondes und der Sonne, den Tod, das Leben, wirklich alles. Sie werden alles über die Dunkelheit, das Licht, den Ameisenhaufen – alles, aber auch wirklich alles herausfinden. Nur den Menschensohn selbst werden sie nicht ergründen können. In sein Geheimnis werden sie nicht eindringen.

In der Melodie der Flöte setzte sich der Berg förmlich in Bewegung. Und die Abgründe, die Lawinen, die frostklare Winternacht barsten. Der Mondschein barst. Und der Berg setzte zornentbrannt seinen Weg fort. Der Berg schwitzte, der Berg keuchte... Der Ararat stöhnte wie ein gewaltiges Ungeheuer. Der Weise hörte aus dem Innersten des Berges heraus sein Ächzen. Ein weit entferntes, dumpfes Dröhnen drang bis ins Erdinnere vor. Ahmet spielte weiter, und der Atem und Zorn des Berges schwollen immer mehr an. In solchen Augenblicken pflegte dann der Weise sein Ohr auf die dröhnende Erde des Berges zu legen. Dessen Zorn aber wuchs und wuchs, er holte immer tiefer Luft, seine Brust hob und senkte sich, sein Atem flog, er barst auseinander und lud sein ganzes Gewicht auf der Welt ab. Stille breitete sich aus. Eine gähnende Leere. Die Welt war öde, vollkommen öde, während der Ararat von dannen zog und all seine Tiere, seine Menschen mitnahm, seine Sterne, seinen Mond, seine Sonne, seinen wehenden Wind, seinen Regen, Schnee und seine Blumen und eine leere Welt zurückließ. Er nahm auch die Herden der Gazellen mit, die Gazellen mit den schwarzen Augenlidern, die die Wüsten erfüllen. In der Melodie der Flöte erstarrte die Öde, die Leere.

Dann auf einmal erstanden vor den Augen des Weisen erneut alle die Blumen, die Sterne und Düfte der Welt, die hellen Wasser mit ihren Forellen, die Wüsten mit ihren Gazellen. Er sah den Schimmel vor sich verändert. Die Sonne auf der Decke des Pferdes begann zu leuchten. Der Lebensbaum hatte seine Blätter abgeworfen und blühte.

Für einen Augenblick hielt die Melodie der Flöte inne. Hinter dem Gipfel des Ararat tauchte die glutrote Sonnenscheibe auf.

Der Weise kam zu sich. Sein Blick wanderte zu dem Schimmel, dann wieder zur Tür. Auch der Schimmel hob den Kopf und schaute mit seinen großen, traurigen Augen den Weisen an. Den Weisen beschlich Angst, eine unbestimmte Angst.

»Ahmet, Ahmet!« schrie er.

Ahmet erkannte die Stimme des Weisen, ging zur Tür und öffnete sie. »Komm rein, Onkel!«

Er staunte nicht schlecht, als er den Schimmel sah. Er guckte zuerst den Schimmel, dann den Weisen an.

Der Weise fragte: »Wer ist dein Gast, Ahmet? Er sei willkommen!«

»Ich habe keinen Gast.«

Die Blicke der beiden fielen auf den Schimmel.

Der Schimmel galoppierte davon, umrundete einmal das Haus, kehrte schließlich zurück und stellte sich wieder vor der Tür auf. Es war ein großer, hochgewachsener Schimmel. Seine Ohren liefen spitz zu. Er hob den Kopf in die Luft, und es machte den Anschein, als wolle er wiehern, aber er wieherte nicht.

Ahmets Haus stand am Fuß eines Felsens. Es war aus unbehauenen roten Steinen gebaut, hatte eine breite Tür und nur ein einziges Fenster.

Der Weise war in Gedanken versunken. Auch Ahmet dachte nach.

Schließlich eröffnete der Weise das Gespräch: »Dieser Schimmel ist dir vom Schicksal zubestimmt!«

»So ist es«, erwiderte Ahmet, »da er nun einmal gekommen ist und sich vor die Tür gestellt hat. Aber wem gehört dieser Schimmel eigentlich?«

»Auf seiner Decke ist ein Zeichen angebracht. Ich glaube, ich kenne es von irgendwoher. Es könnte sich um das Zeichen eines schrecklichen, grausamen Geschlechts handeln. Aber wem er auch gehören mag, dieser Schimmel ist nun dein. Er ist an deine Tür als Geschenk Allahs gekommen.«

»Allahs...«, wiederholte Ahmet.

Bedeutete dies Freude oder Leid? Der Schatten, der auf Ahmets Gesicht fiel, entging dem Weisen nicht.

»Wem dieser Schimmel auch gehören mag, er ist nun dein. Nur... irgendwie kommt mir dieses Siegel bekannt vor. Es stammt aus uralten Zeiten.«

Ein Schimmel mit so einem Geschirr konnte unmöglich einem gewöhnlichen Mann gehören.

»Überlege nicht so viel, führ ihn zu dem Weg da unten und laß ihn dort stehen! Wenn er noch einmal zu deiner Tür kommt, so führ ihn wieder weg, das wiederholst du dreimal«, empfahl der Weise. »Wenn der Schimmel auch dann noch zurückkommt, so ist er dein. Sogar wenn sein Besitzer ein Bey, ein Pascha, ein osmanischer Sultan, ein persischer Schah, ja sogar Köroğlu sein sollte, dann gibst du vielleicht deinen Kopf dran, aber nicht diesen Schimmel, den können wir nie mehr zurückgeben.«

Die Sonne ging auf, die silbrigen Wolken trieben auseinander, und ein glänzender Nebelschleier legte sich über die Dunkelheit. Ahmet hielt den Schimmel fest. Große Ruhe strahlte aus ihm, als er ihn bestieg und nach unten ritt. Dann ließ er ihn stehen und kehrte um. Er traute seinen Augen nicht – als er zurückkehrte, stand der Schimmel neben dem Weisen! Dies wiederholte sich dreimal.

»Da ist nichts zu machen, Onkel!« Was auch immer geschehen sein mochte, eines Tages würde sich der Besitzer bestimmt auf die Suche machen. Aber wer er auch immer war – soviel war gewiß, Ahmet würde ihm das Tier nicht zurückgeben. Er würde seinen Kopf hergeben, nicht aber den Schimmel.

Dann führte er den Schimmel in den Stall. Freude

und Angst zugleich erfüllten ihn. Soweit er sich zurückerinnern konnte, hatte er noch nie einen so schönen Schimmel gesehen.

Der Weise freute sich: »Wenn der Besitzer des Schimmels ein Lump ist und unbedingt auf dem Schimmel besteht, dann kommt es zum Kampf. Wenn der Ararat erst einmal in Zorn gerät, kämpft er gegen die ganze Welt!«

Ahmet pflichtete ihm bei: »Und wie er kämpft!«

Zuerst sprach es sich im Dorf herum, daß ein Araberpferd vor Ahmets Tür erschienen war. Alle strömten herbei, um ihn in Augenschein zu nehmen. Schließlich verbreitete sich die Nachricht auch in den Nachbardörfern, danach im ganzen Ararat-Gebiet. Alles, was Beine hatte, kam herbeigeeilt und begutachtete ihn. In kurzer Zeit wurde der Ruhm des Schimmels bis in den Iran, bis in das Turan getragen. Jeder deutete dieses Ereignis und das unerwartete Glück Ahmets auf seine Weise. Der eine hielt es für etwas Gutes, der andere für etwas Böses…

Schließlich erreichte die Nachricht die kurdischen Beys in Karakilise, Gihandin und in Iğdir unten im Tal. Auch sie machten sich auf, um den Schimmel zu sehen. Sie wünschten sich, sie hätten auch so viel Glück wie Ahmet.

Lange Zeit hörte man nichts vom Besitzer des Pferdes.

Ahmet bestieg des öfteren seinen Schimmel, um zusammen mit seinen Gefährten auf Plünderungszüge in den Iran zu reiten. Er stahl Waren, auch Schafe und Pferde, die er zum Ararat hinüber trieb.

Dennoch regte sich ein beklemmendes Gefühl in ihm. Der Besitzer dieses Schimmels – wer das auch war – mußte doch eines Tages auftauchen. Wer das wohl sein mochte? Vielleicht ein blutrünstiger, unerbittlicher Bey. Oder aber ein Schlappschwanz.

Inzwischen zogen sechs Monate durchs Land. Ahmet hatte seine Angst, seine Beklemmung und auch seine große Freude vergessen.

Eines Tages, zur Morgenstunde, als die Sonne sich glutrot und frostig an die Flanke des Ararat lehnte, kam der Weise mit seinem zitternden, langen, weißen Bart, auf seinen Stock gestützt, zu Ahmet. »Hast du schon gehört, Ahmet?« fragte er.

»Ja, ich habe davon gehört«, erwiderte dieser.

»Mahmut Khan, der Pascha aus Beyazit, sucht sein Pferd.«

»Ich habe es schon gehört«, wiederholte Ahmet.

»Wer ihm seinen Schimmel zurückbringt, soll fünf Pferde bekommen und fünfzig Goldmünzen erhalten.«

»Ja, so ist es«, bestätigte er.

»Er will denjenigen um einen Kopf kürzer machen lassen, in dessen Haus, in dessen Hand er ihn findet.«

»Was soll man machen? Dieser Schimmel ist mir vom Schicksal zubestimmt«, gab Ahmet zu bedenken.

»Er wird seine Armee rüsten und gegen uns ziehen!«

»Der Schimmel ist mir vom Schicksal zubestimmt!«

»Ein tyrannischer Pascha ist dieser Mahmut Khan!«

»Der Schimmel ist mir vom Schicksal zubestimmt!«

»Niemand kann es mit Mahmut Khan aufnehmen.«

»Dieser Schimmel kam zu mir als Geschenk Allahs!«

»Mahmut Khan weiß nichts von Allah und nichts von Geschenken. Er ist zu einem Osmanen geworden.«

»Dieser Schimmel kam zu mir als Geschenk!«

Nicht einmal ein Monat war vergangen, als Mahmut Khans Männer auch schon vor Ahmets Haus aufkreuzten. »Der Pascha läßt ausrichten«, verkündeten sie, »daß du dir Pferde, Waren und Geld wünschen darfst. ›Nur soll er mir meinen Schimmel zurückgeben. Da er nun schon einmal entlaufen ist und vor seiner Tür Halt gemacht hat, will ich ihm geben, was sein Herz begehrt!‹«

Ahmet entgegnete: »Weiß der Khan denn nicht, daß dieser Schimmel als Geschenk zu mir gekommen ist? Ein Pferd, das man geschenkt bekommt, gibt man nicht her, niemandem, aber auch gar niemandem. Den Kopf gibt man hin, doch nicht das Pferd. Weiß der Pascha das nicht?«

»Der Pascha weiß es, aber er will trotzdem seinen Schimmel zurück. Auch er hat das Pferd als Geschenk bekommen. Er bekam es von dem Bey des Zilan-Stammes, den er wie einen Bruder liebt.«

»Der Pascha kann von mir aus mein ganzes Gut und meine Seele haben, aber mein Geschenk kriegt er nicht«, beteuerte Ahmet noch einmal, um das Gespräch zu beenden.

Aber die Männer des Paschas ließen sich nicht beirren: »Der Pascha bestellt dir, daß du dich nicht auf den riesigen Berg hinter dir und auch nicht auf das Häuflein Herumtreiber in deinem Rücken verlassen sollst. Den Berg und auch alle um dich herum will er dem Erdboden gleichmachen, sagte er. Und das tut er auch!«

Ahmet hüllte sich in Schweigen. Der Weise auch. Die Männer des Paschas zogen zornig und mit leeren Händen davon.

Die Nachbarn, die Leute aus den umliegenden Dörfern und die kurdischen Beys mit den zornfunkelnden Augen versammelten sich um Ahmet.

»Hat man schon einmal so etwas erlebt!« empörten sie sich. »Hat man schon einmal erlebt, daß man ein Pferd seinem Besitzer zurückgibt – mag er Bey oder Pascha sein –, wenn man es als Geschenk Allahs bekommen hat!«

»Hat man schon einmal so etwas erlebt«, wiederholte Ahmet und versank dann in Schweigen.

Der Pascha hatte das nicht erwartet. Er verlor fast den Verstand, als Ahmets Antwort eintraf. Die Tradition kannte er sehr wohl. Wenn ein Pferd des osmanischen Sultans oder des persischen Schahs gelaufen kam und nicht mehr von der Stelle wich, wäre er lieber gestorben, als daß er ihnen das Pferd ausgehändigt hätte. Er, er hätte es nicht zurückgegeben, aber dieser Ahmet, der Lümmel aus den Bergen, wofür hielt der sich überhaupt?

Er mußte sein Pferd zurückhaben, komme, was wolle! Den ganzen Konak versetzte er in Aufregung. Er zitierte seine Männer, seine Kommandanten herbei, doch konnten sie zu keiner Entscheidung kommen. Wegen dieses Pferdes würde er den ganzen Ararat gegen sich aufbringen. Ahmet stand nicht allein da.

Der Pascha lud die kurdischen Beys, die mit ihm befreundet waren und ihm all seine Wünsche von den Augen ablasen, zu sich in den Palast. Auf schönen Pferden kamen sie dahergeritten – die Beys aus Van, Patnos, vom Süphan-Berg, aus Muş und Bitlis. Mahmut Khan ließ ein großes Fest feiern. Er bewirtete sie mit unerhörter Gastfreundschaft. Danach berief er den Rat ein und erstattete ihnen von dem Geschehenen und von seinem Unglück Bericht.

»Ein Lümmel aus den Bergen, ein Plünderer, ein Kind, noch ohne Flaum, hat mein Pferd gestohlen, hat mich beschimpft«, klagte er.

Niemand wagte es, dem Pascha von dem Geschenk zu erzählen. Keiner brachte es fertig, darauf hinzuweisen, daß die Menschen vom Ararat lieber ihr Leben aufs Spiel setzen als zuzulassen, daß so ein Pferd zum Palast zurückgebracht wird. Nein, sie schwiegen nur. Inzwischen flammte der Zorn des Paschas noch mehr auf. Und um dem Ganzen ein Ende zu machen, befahl er: »Ich verlange von euch, daß ihr dieses Pferd herbeischafft!« Gegen ihren Willen schickten die kurdischen Beys einen Bittsteller zu Ahmet, zu den Menschen am Ararat. Aber auch ihm händigte Ahmet den Schimmel nicht aus. Er gab ihm vielmehr giftige, ätzende Worte mit auf den Weg. Wußten sie denn nicht, daß man ein Pferd, das als Geschenk gekommen war und an der Tür gestanden hatte, das man dreimal weggebracht hatte und das immer wieder zurückgekehrt war, unmöglich zurückgeben konnte?

Nicht zu mir ist dieses Pferd, dieses unerwartete Glück gekommen, sondern zum Ararat. Beys schimpfen sie sich, wie aber können sie es dann wagen, unser Pferd zurückzuverlangen? Sie sind also doch keine Beys, sondern Diener des Pascha, ging es ihm durch den Kopf.

Die Worte Ahmets erfüllten die kurdischen Beys nicht mit Zorn, machten sie nicht wütend. Die Leute am Ararat haben ja recht, gaben sie zu, aber es gibt nun mal keinen anderen Ausweg. Der Pascha ist in der Tat entschlossen, alles zu unternehmen, um den Schimmel zurückzuholen.

Als der Pascha auch von den kurdischen Beys keinen Beistand erhielt, machte er sich daran, Soldaten einzuziehen. Zusammen mit den kurdischen Beys marschierte er auf den Ararat los.

Es war in den Herbstmonaten. Die Talsohlen des Ararat glichen Feuerstellen. Rote, violette Felsen, kleine morsche Tuffsteine glitten unter den Pferdehufen talwärts wie rauschendes Wasser. Eines Nachmittags erreichten sie Sarik, Ahmets Dorf. Es lag vollkommen verlassen da, keine Menschenseele ließ sich blicken. Sie machten im Dorf Rast. Anschließend setzte man auf Anordnung des Paschas die Häuser in Brand. Ein Greis mit schmutzigweißem Bart und so dichten Augenbrauen, daß sie fast den Blick verdeckten, stürzte aus einem der brennenden Häuser geradewegs auf den Pascha zu. Er trug eine neue, blaubestickte, wollene Pluderhose mit Weste. Es war der Weise. Er warf dem Pascha einen scharfen Blick zu. Seine Adleraugen funkelten.

»All das wegen eines Pferdes, Pascha?« fragte er. »Wer hat jemals, seit die Welt besteht, ein Pferd zurückgegeben, das an seine Tür gelaufen kam? Weißt du das nicht, Pascha? Du bist zu einem Osmanen geworden, Pascha, sonst würdest du uns wegen eines Pferdes nicht all das antun, Häuser in Brand stecken, Familien ins Verderben stürzen. Möge der Fluch des Ararat, der Zorn des Ararat, die Wut des Ararat über dich kommen, Pascha. Ich kenne deinen Vater; er war ein tapferer Bey. Du aber bist ein Pascha, ein verdorbener Pascha geworden. Dein Vater hätte von keinem ein geschenktes Pferd zurückverlangt. Selbst wenn ein Pferd an die Tür einer Witwe, eines Waisenkindes, eines Diebes, eines Armen gelaufen kam und dort verweilte, verlangte er es nicht zurück. Dein Vater war ein Bey, du aber bist Pascha geworden. Der Fluch des Ararat soll über dich kommen!«

Der Pascha gab keine Antwort, sondern sagte nur: »Bindet ihm die Hände zusammen, hängt ihm ein Halseisen um und führt ihn in den Kerker!«

Am Fuß und an den Hängen des Ararat lagen zahlreiche Dörfer. Mahmut Khan zog mit den kurdischen Beys, deren Männern und seinen Soldaten im Rücken von Dorf zu Dorf. In welches Dorf sie auch einmarschierten, alle waren wie ausgestorben. Als hätte keines Menschen Fuß sie je betreten. Beim Anblick der menschenleeren Dörfer geriet der Pascha außer Rand und Band: »Sie haben die Fahne des Aufstandes entrollt!« schäumte er.

Der Pascha war hochgewachsen, hatte eine Adlernase, schwarze Augen und einen schwarzen, krausen Bart. In seinem Benehmen, seinem Auftreten, seinen Gesten und in seiner Redeweise äußerte sich sein Selbstbewußtsein. Er war ein wortkarger Mann, stets in Gedanken verloren. Mit weit ausholenden Schritten stolzierte er majestätisch einher. Ständig schwitzte er unter seinem Zobel.

Vom Iğdir-Tal zog er weiter nach Başköy. Stieg den Ahuri-Kessel hinan und von dort zur Ahuri-Hochebene. Niemand begegnete ihnen, nicht einmal ein Hirte oder ein Reisender, auch kein Räuber. Kein Vogel, kein Bär, kein Fuchs, kein Tiger, nicht einmal eine einzige Seele lief ihnen über den Weg. Die Welt lag da wie am Tag ihrer Schöpfung. Nichts rührte sich.

»Ich werde sie schon finden«, sagte der Pascha, »selbst wenn die Erde auseinanderbricht und sie alle verschlingt, werde ich sie finden! Ich werde sie finden, selbst wenn sie ans andere Ende der Welt fliehen, in den Iran, nach Indien, China oder noch darüber hinaus!«

Die kurdischen Beys neben ihm brachten kein Wort hervor, es war, als hätten sie die Zunge verschluckt.

Der Winter stand vor der Tür. Alle waren müde, die Pferde, sie selbst, die Soldaten mit den Ranzen auf dem Rücken. Als sie den Ararat einmal umkreist hatten, kamen sie zum Fuß des Kleinen Ararat. Der Pascha sah blaß und erschöpft aus. Er war ganz von Sinnen, daß sie keiner Seele begegneten. Er verlor jedoch kein einziges Wort, sprach mit niemandem. Seine Gefolgsleute versuchten, aus seinem Verhalten Schlüsse zu ziehen, was er im Schilde führte. Sie zogen noch immer in der Gegend am Ararat umher.

Mullah Kerim, einer der kurdischen Beys, faßte sich ein Herz und sprach den Pascha an: »Mein Pascha, auch wenn wir tausend Jahre lang suchen, werden wir auf diesem riesigen Berg niemanden mehr finden. Wenn diese Bergbewohner sich verstecken, dann tun sie es so gründlich, daß sie nicht einmal der Teufel aufspüren kann. Ich will unter der Erde liegen, wenn das nicht die Wahrheit ist!«

Der Pascha warf ihm einen sorgenvollen Blick zu, schwieg aber.

Sie durchkämmten weiter den Ararat. Der Pascha dachte: Wenn ich nur außer dem uralten Weisen einen von diesen Bergbewohnern einmal zu Gesicht bekäme, das würde mir ja genügen.

Schließlich hielten die Beys eine Versammlung ab. Wo sollte dieses Unternehmen hinführen, was sollte das ganze Herumgerenne nützen? Und dieser Pascha wollte nicht zur Vernunft kommen, bei jedem verlassenen Dorf lief ihm die Galle nur noch mehr über. Nein, das konnte nicht so weitergehen, man konnte nicht dauernd um den Ararat herumziehen! Ein Orkan, ein Sturm, eine Lawine würde sie alle vernichten. Davor hatten sie den Pascha bereits gewarnt, aber der schlug ihre Ratschläge in den Wind. Sie erörterten ausführlich die Lage und beschlossen, dem Pascha einen Vorschlag zu unterbreiten.

Mullah Kerim ging zum Pascha, stellte sich mit verschränkten Armen ehrerbietig vor ihn hin und teilte ihm seine Überlegungen mit. »Mein Pascha«, begann er, »wir haben eine Versammlung abgehalten und einen Beschluß gefällt. In drei oder vier Monaten, bis zum Frühling oder Sommer, werden wir den Schimmel und Ahmet ausfindig machen und dir überbringen.«

Der Pascha antwortete: »Meine Sorge gilt nicht Ahmet. Auch nicht dem Schimmel. Wohin sind bloß all die Bergbewohner verschwunden? Außer dem Weisen haben wir in all den Bergdörfern kein einziges Wesen vorgefunden. Nicht einmal eine Ameise kreuzte unseren Weg. Bevor der Frühling kommt, bevor der Schnee schmilzt, will ich auch die anderen Dörfler, und zwar alle.«

Die Beys trafen sich erneut, und nach einer langen Diskussion trat Mullah Kerim wieder vor den Pascha.

»Jawohl, mein Bey«, beteuerte er, »noch bevor der Frühling seinen Einzug hält, werden wir dir auch die Dörfler bringen. Wir werden sie aufspüren, in welchen Erdwinkel sie sich auch verkrochen haben.«

Sie kehrten nach Beyazit in den Palast zurück. Der Pascha berief die Beys zum Rat ein und überreichte jedem einzelnen Geschenke. Die Beys freuten sich grenzenlos über diese noble Geste des Paschas. Aber wie sollten sie Ahmet finden? Wenn die Bergbewohner es sich in den Kopf gesetzt hatten, so würde man sie auch bis zum Jüngsten Tag nicht ausfindig machen.

Der Pascha war ein sehr belesener Mann, dem Osmanischen Reich und dessen Ruhm tief verbunden. Sein Großvater und auch der Großvater seines Großvaters stammten aus diesen Bergen. Er wußte jedoch nicht, wann sie die Berge verlassen hatten. Er wußte nur, daß sein Vater, nachdem er die Medresse in Erzurum absolviert hatte, nach Istanbul gegangen war, im Serail ein Amt bekommen hatte und von dort hierher geschickt worden war. Sein Vater war ein mächtiger Mann, einem Adler gleich. Er war es, der diesen riesigen Palast auf jenen Felsen in Beyazit errichten ließ, darin Wissenschaftler, Barden und Dichter um sich sammelte und sich alle kurdischen Beys, von Erzurum bis Kars, von Kars bis Van, untertan machte. Sein Vater hatte ein langes Leben. Bis zum letzten Tag saß er auf dem Pferderücken. Jeden Sommer stieg er hinauf zu seiner weiten Hochebene auf dem Ararat und schlug dort sein Zelt auf, sein riesiges Zelt, das ihm mehr wert war als sein riesiger Palast. Dort, wo die Gletscher ihren Ausgang nahmen, begann auch die Ebene sich auszudehnen. Die Bergbewohner hatten seinen Vater sehr verehrt. Vielleicht auch aus Furcht... Auch sein Vater verehrte die Bergbewohner sehr. Er achtete ihre Traditionen. Mahmut Khan erinnerte sich, daß sein Vater einmal vierzig bis fünfzig Flötenspieler zu sich geladen hatte und sie in seinem Zelt alle zusammen Flöte spielen ließ.

Hätten sie seinem Vater ein Pferd zurückgegeben, das ihm entlaufen und vor Ahmets Tür stehengeblieben wäre? Und wenn nicht, wie hätte er darauf reagiert? Aber er fand dazu keine Antwort.

Wie können diese Beys die Bergbewohner ausfindig machen? Was, wenn sie über alle Berge, in den Iran, nach Khorassan geflohen waren? Oder wenn sie sich in den Kaukasus geflüchtet hatten? Wie konnten die Beys ihnen dort auf die Spur kommen?

Wie sein Vater hatte auch der Pascha zuerst in Erzurum studiert, war dann nach Istanbul übergesiedelt, bekam im Serail ein Amt, erwarb sich da einen hohen Ruf, nahm in der Armee des Sultans an den Kriegen teil und wurde aufgrund seiner Tapferkeit, seiner Kühnheit weithin berühmt. Er kannte sich in Damaskus ebenso gut aus wie in Aleppo und Kairo. Er hatte ja eine Zeitlang dort gelebt. Auch in Sofia und Teleorman kannte er sich aus. Er hatte die Welt vom äußersten Westen bis zum fernsten Osten bereist. Zwölf Jahre bevor sein Vater starb, kehrte er hierher in den Palast zurück und wurde nach dessen Tod an seiner Stelle Pascha. Es war sein Vater, der ihn hierher gerufen hatte. Sonst wäre es ihm nicht in den Sinn gekommen, Istanbul den Rücken zu kehren und irgendwo anders hinzugehen.

Am Anfang war es ihm schwergefallen, sich an die wilden Menschen, an diese Berge zu gewöhnen. Der Palast hatte nicht seinesgleichen, nicht einmal in Istanbul, aber wozu kann ein Palast einem schon nützen... Doch die Frauen dieser Berge sind Schönheiten. Nirgends sonst auf der Welt sind sie so zierlich. Zuerst heiratete er ein armenisches Mädchen. Dann nahm er die Tochter eines kurdischen Beys zur Frau. Seine dritte Frau holte er sich aus dem Kaukasus. Seine vierte Frau schließlich stammte von den Ufern des Urmiye-Sees. Drei Töchter und acht Söhne gebaren sie ihm. Er selbst hatte fünf Brüder. Seine Verwandten, sein Stamm siedelte im Iğdir-Tal. Die Bande zu ihnen waren nicht sehr eng. Er betrachtete sie etwas von oben herab. Der jüngste seiner Brüder hatte dem Palast den Rücken gekehrt, sich ins Iğdir-Tal aufgemacht, dort ein Mädchen aus dem Stamm geheiratet, hatte sich dort niedergelassen und nie wieder den Palast betreten. Er zürnte seinem Bruder deswegen.

Die große Leidenschaft des Paschas war die Hirschjagd. Jeden Frühling nahm er seine besten Scharfschützen zur Jagd mit, auf den Esrük-Berg über dem Van-See, in den Sor-Kessel, den Zil-Kessel und auf den Süphan-Berg, und kehrte mit Hunderten von Hirschfellen zurück.

Eine der Töchter des Paschas hieß Gülistan, eine andere Gülriz, die dritte Gülbahar. Gülistans Mutter war das armenische Mädchen. Gülistan hatte große honigfarbene Augen, rote Haare, lange Wimpern und war von hohem Wuchs. Sie trug Kleider aus Istanbul... Kleidete sich wie die Frauen im Serail. Gülriz' Haare spielten von Blond ins Brünette. Ihr langer Hals glich dem eines Schwanes. Ein Bogen von Wimpern umrahmte ihre tiefblauen Augen. Auch sie kleidete sich nach Istanbuler Art wie ihre Schwester. Von den Mädchen war sie diejenige, die mit Vorliebe las. Sie kannte alle Gedichte von Ehmedê Xani auswendig und rezitierte sie hin und wieder im Rat ihres Vaters. Von all seinen Kindern mochte er sie am liebsten.

Gülbahar war mittelgroß und von kräftiger Gestalt.

Ihre Haut schimmerte klar und hell, ihr Teint war hellbraun. Sie trug Gewänder, die aus mehreren Bahnen zusammengesetzt waren, und flocht ihr Haar zu vierzig Zöpfen wie die Frauen am Ararat. Ihr Halsschmuck war aus Gold. An ihren Füßen hingen wie bei allen Frauen des Landes Reife aus Gold, Perlen und Smaragd. Sie war sehr klug. Sie redete wenig, trug jedoch stets ein Lächeln auf den Lippen. Ihre Geschwister, die Jungen wie die Mädchen, verließen sehr selten den Palast, um sich unters Volk zu mischen. Nicht so Gülbahar. Immer suchte sie die Gesellschaft der Menschen. Sie fehlte bei keinem Fest, keiner Hochzeit, keiner Zusammenkunft.

Die Bevölkerung von Beyazit, die Dörfler vom Ararat liebten sie und betrachteten sie wie eine Heilige. Wo jemand erkrankte, alt war oder Hilfe brauchte, war Gülbahar zur Stelle. In der Reitkunst stellte sie jeden Meisterreiter in den Schatten. Der Pascha betrachtete seine Tochter aus der Ferne, ohne sich in ihre Angelegenheiten einzumischen, und dachte bei sich, wenn dieses Mädchen ein Junge wäre, dann wäre er Sultan vom Ararat.

Gülbahar machte sich nicht das geringste aus dem Palast. Mit ihren Geschwistern verstand sie sich nicht.

Die Dörfler nannten sie nie bei ihrem Namen, für sie war sie stets das »lachende Mädchen«. Wenn sie lachte, wurden ihre Wangen hohl. Ihre warmen traurigen Augen brannten von einer fernen Sehnsucht. Dieses Jahr wurde sie zweiundzwanzig.

Mehr als alles andere im Palast interessierte sie der Schimmel ihres Vaters. An dieser Geschichte mit dem Schimmel mußte etwas Wahres sein. Sein Abenteuer hatte sie von dem Weisen erfahren. Auch den Weisen hatte sie sehr gern. Jeden Tag brachte sie ihm selbst etwas zu essen in den Kerker und bestürmte ihn mit Fragen.

»Bei Gott, mein Kind, es ist wahr«, versicherte der

Weise. »Ich habe dreimal mit eigener Hand den Schimmel nach unten geführt und auf dem Weg freigelassen, und dreimal kam er zurück und blieb vor Ahmets Tür stehen. Dieser Schimmel kam als Geschenk zu Ahmet. Allah muß ihn zu Ahmet geschickt haben. Ahmet kann ihn niemandem geben. Das darf nicht sein. Eher würde der ganze Ararat vom Erdboden verschlungen, als daß er so etwas zulassen könnte!«

Eines Tages bat der Weise Gülbahar um eine Flöte. Sie brachte ihm sogleich eine, uralt, vielleicht hundert Jahre. Daß er ausgerechnet eine Flöte wollte, setzte sie in Erstaunen. Wie konnte der Weise in diesem Alter noch Flöte spielen? Flötenspiel bedeutete Zahn- und Atemarbeit. Nur Junge konnten gut Flöte spielen. Gülbahar bemerkte, daß die Zähne dieses alten, gekrümmten Mannes schön aufgereiht nebeneinander standen und weiß leuchteten.

Sobald er die Flöte in der Hand hatte, begann der Weise zu spielen. Bei den Tönen, die er der Flöte entlockte, blieb Gülbahar vor Verwunderung die Sprache weg. Sie saß mit dem Rücken an die Wand gelehnt auf der Schwelle des Kerkers und lauschte dem Flötenspiel des Weisen. Er geriet in Ekstase und spielte und spielte.

Als er aufhörte, erwachte Gülbahar wie aus einem tiefen Schlaf. Mit leiser Stimme fragte sie: »Weiser, wessen Lied ist das?«

Der Weise antwortete: »Das ist der Zorn des Ararat. Der Ararat war einmal außer sich vor Zorn. Da haben die Ahnen seinen Zorn in diesem Lied eingefangen.«

Jeden Morgen kurz vor Tagesanbruch kam Gülbahar zur Tür des Kerkers, und der Weise spielte ihr den Zorn des Ararat. Aber sie konnte ihn noch so oft danach fragen – der Weise wollte ihr nicht erzählen, woher dieser abgrundtiefe Zorn des Ararat kam und was er bedeutete.

»So ist das nun einmal, er muß zornig geworden sein«, sagte er, »er muß vor Zorn so aufgebracht gewesen sein, daß die Ahnen seinen Zorn in diesem Epos eingefangen haben. Ich kenne das Epos nur in der Sprache der Flöte, in der Sprache der Menschen kennen es nur die Barden. Ich jedoch bin ein Flötenspieler, kein Barde.«

Wie sehr sich Gülbahar auch bemühte, sie konnte den Weisen nicht dazu bringen, ihr den Grund für den Zorn des Ararat zu verraten.

»Erzählt dir, meine Sultanin«, fragte der Weise, »meine Flöte nicht selbst die Geschichte vom Zorn des Ararat? Weh mir! Ich muß alt geworden sein!«

Gülbahar hatte dieses berühmte Lied schon auf den Bergen gehört. Von den Frauen, den Kindern, den Barden und Flötenspielern. Aber niemand spielte es so wie der Weise. Wer weiß, in welche Worte der Weise den Zorn kleiden würde, falls er ihn zu erzählen hätte?

Der Pascha erfuhr, daß seine Tochter dem Weisen im Kerker mit Anteilnahme begegnete, ihm jeden Tag Essen brachte und seinem Flötenspiel lauschte.

Eines Tages rief er den Weisen in seinen Ratssaal.

»Weiser«, sprach er, »ehe der Schimmel, ehe Ahmet kommt, kann ich dich nicht aus dem Kerker entlassen. Wenn du willst, so geh und bring den Schimmel und Ahmet her.«

Der Weise antwortete herausfordernd: »Weder der Schimmel noch Ahmet wird kommen. Allah hat Ahmet den Schimmel geschenkt. Vielleicht kommt Ahmet, aber nicht der Schimmel. Ich jedoch kann dir Ahmet nicht herholen.«

Der Pascha wurde sehr wütend, schickte den Weisen in den Kerker zurück und rief Gülbahar zu sich.

»Gülbahar«, befahl er, »du wirst dich nicht mehr mit diesem Weisen abgeben!«

Jedes Wort des Paschas war im Palast ein Befehl.

Einige Tage später traf ein Bote vom Bey des Hayderan-Stammes ein: »Der Pascha braucht sich keine Sorgen zu machen. Wir haben herausgefunden, wo Ahmet, der Schimmel und die Bergbewohner sich aufhalten. Bald werden der Schimmel und Ahmet in seiner Hand sein.«

Ahmet hatte alle Bergbewohner um sich geschart und war weit hinunter zu den Şemdinan-Kurden in die Berge Hakkaris gezogen.

Die Beys versammelten sich und beauftragten den Sohn des Beys von Milan, die Şemdinans aufzusuchen. Musa Bey, Sohn des Beys von Milan, fand Ahmet in seinem dunkelblau bestickten Zelt mitten unter Hunderten von anderen Zelten auf einer Ebene hoch oben auf dem Berg.

Ahmet hieß ihn herzlich willkommen. Musa Bey erzählte ihm, was vorgefallen war.

»Der Pascha wünscht dich zu sehen«, sagte er. »Mehr will er nicht von dir, nicht einmal den Schimmel. Der Pascha möchte auch, daß die Dörfler heimkehren zum Ararat. Die Beys haben ihn überredet, euch allen zu vergeben. Der Pascha ist sehr neugierig auf dich. Darauf, was dieser Ahmet wohl für ein Mann ist. Er soll unseren Beys mitgeteilt haben, daß er dem Tapferen, wenn er ihn erst zu Gesicht bekäme, weitere fünfzehn Pferde geben wolle. Einmal vor seinem Tod habe er den Wunsch, einem so Tapferen ins Auge zu sehen. Das erzählten mir die Beys und schickten mich dann zu dir.«

Die Beys von Şemdinan, die Würdenträger, Beys und Agas aus dem Ararat versammelten sich und beredeten es lange. Manche waren der Ansicht, dies sei eine Falle. Andere fragten sich, ob die Beys, die so mächtig waren wie Adler, sich so weit erniedrigen würden, jemandem eine Falle zu stellen.

Würden sich ein großer osmanischer Pascha und kurdische Beys wegen eines Pferdes so weit erniedrigen? Der Pascha wünschte also, Ahmet zu sehen. Es drängte ihn wohl, herauszubekommen, wohin sein Schimmel gegangen war, an wessen Tür er sich eingefunden hatte.

Von Musa Bey erfuhr Ahmet, daß der Weise im Kerker saß. Er hatte großes Mitleid mit ihm. Als sie damals vom Ararat aufgebrochen waren, hatte er den Weisen inständig angefleht, ihn aber nicht vom Berg losreißen können. Wie ein riesiger Felsbrocken klebte er am Berg fest. Wie konnte er ahnen, daß der Pascha ihn in den Kerker werfen würde?

»Sorge dich nicht um den Weisen, es geht ihm gut«, beschwichtigte ihn Musa Bey und erzählte ihm von seiner Freundschaft mit dem Mädchen Gülbahar im Kerker. Jeder empfand Freude darüber.

»Musa Bey«, entgegnete Ahmet, »da du nun einmal gekommen bist, will ich dich nicht kränken. Ich kehre also zum Ararat zurück und melde mich beim Pascha. Auch der Stamm wird zurückkehren. Den Schimmel aber bekommt der Pascha nie wieder zu Gesicht.«

»Der Pascha will dich, allein dich sehen«, wiederholte Musa Bey.

Und an einem Frühlingstag kehrten die Bergbewohner schließlich zum Ararat zurück.

Die kurdischen Beys nahmen Ahmet mit und brachten ihn zum Palast des Paschas.

Der Pascha empfing Ahmet ohne Zorn, aber mit Verachtung und leichtem Spott. »Komm näher heran, Sultan des Ararat«, sagte er, »wo ist der Schimmel?«

Ahmet erwiderte: »Der Schimmel ist bei mir zu Hause.«

»Du hast ihn mir gestohlen«, lachte der Pascha.

»Weißt du, welche Strafe darauf steht, wenn einer ein Pferd von mir stiehlt?«

Ahmet wollte das nicht auf sich sitzenlassen. »Ich habe den Schimmel nicht gestohlen. Ich bekam ihn als Geschenk Allahs. Du kannst ihn nicht zurückhaben. Wie wir stammst du von diesem Berg. Kennst du die Tradition nicht?«

Als der Pascha das hörte, verlor er die Beherrschung und brüllte: »Das ist mir gleich, entweder du bringst den Schimmel her, oder ich lasse dir den Kopf abschlagen! In den Kerker mit ihm!«

Die Beys, die Ahmet gebracht hatten, gaben keinen Laut von sich.

Als Ahmet in den Kerker abgeführt wurde, schrie er: »Pascha, Pascha, du magst mir den Kopf abschlagen, wenn du willst, aber diesen Schimmel siehst du nie wieder. Der Schimmel wird nie wieder zu deinem Palast kommen!«

Musa Bey hatte nicht erwartet, daß die Geschichte eine solche Wendung nehmen würde. Er begehrte auf: »Pascha, das ist nicht menschlich, was du hier tust! Ich habe Ahmet hergeholt, aber nicht, damit du ihn in den Kerker wirfst. Du hast gelogen, uns betrogen!«

Der Pascha befahl mit brüllender Stimme: »Werft auch ihn in den Kerker!«

Auch Musa Bey wurde abgeführt.

Der Pascha wandte sich den kurdischen Beys zu: »Also das hattet ihr vor mit mir? Wo ist mein Schimmel geblieben? Ich will meinen Schimmel! Meine Sippe lasse ich nicht mit Schmutz besudeln. Ich lasse es nicht zu, daß man dem Pascha nachsagt, er habe von so einem Berglümmel seinen Schimmel nicht mehr zurückbekommen!«

»Es wird keine leichte Sache sein, aber wir bringen auch den Schimmel her«, antworteten sie.

Die Geschichte vom Schimmel, von Ahmet, vom Weisen und Musa Bey breitete sich aus, von Van bis Malatya, von Malatya bis in den Kaukasus und von dort bis ins Innere Anatoliens.

Die Barden schufen Lieder über den Schimmel und Ahmet und sangen sie überall vor, wohin ihr Weg sie führte.

Die Bergbewohner konnten nur schwer damit fertig werden, daß sie so in die Falle gegangen waren. Auch der Milan-Stamm hatte Schwierigkeiten, darüber hinwegzukommen.

Als Musa Bey im Kerker war, flehte er Ahmet inständig an: »Vergib mir, Ahmet. Das hatte ich nicht geahnt. Sei gnädig mit mir. Hätte ich das gewußt, hätte ich dich nicht hergebeten. Solange ich den Kopf noch auf den Schultern trage, ist deiner ja sicher.«

Der Weise freute sich sehr, als er Ahmet vor sich sah. Er umarmte und küßte ihn. Dann zog er seine Flöte hervor und stimmte das Lied vom Zorn des Ararat an. Er spielte und spielte...

Ahmet und Musa Bey traten die Tränen in die Augen.

Als er lange, lange gespielt hatte, reichte er Ahmet die Flöte. An Ahmet nagte der Gram.

»Der Fluch des Ararat möge diesen Pascha, diese Beys heimsuchen!« schimpfte er und begann, die Flöte zu spielen.

Die Flöte setzte ganz ungewohnt, mit einer ganz neuen Tonlage ein. Auch Gülbahar hörte die veränderte Stimme. Sie war gänzlich verwandelt. Auch sie besang so den Zorn des Ararat. Aber mit einer Stimme, die Berge und Steine zum Leben erwecken, zum Schmelzen bringen konnte.

Gülbahar eilte zum Kerker hinüber. Zwar fürchtete sie ihren Vater, wollte aber gleichwohl unbedingt den Mann sehen, der so die Flöte spielte. Es gelang ihr auch, unter dem Vorwand, den Weisen zu besuchen. Ein Gefühl von Wärme und Freundschaft, das sie nur schwer deuten konnte, durchfloß sie. Was ihr Vater da tat, raubte ihr fast den Verstand. Sie lehnte sich an die Mauer und lauschte Ahmets Flötenspiel. Sie war wie von Sinnen. Etwas, irgend etwas mußte sie tun. Um die Unmenschlichkeit ihres Vaters wettzumachen, mußte sie etwas unternehmen. Auch Musa Beys Kühnheit imponierte ihr.

Noch am gleichen Tag suchte sie die Küche auf. Zusammen mit den Frauen, die ihr zugetan waren, bereitete sie den Eingekerkerten ein vorzügliches Mahl und ließ es ihnen durch ihre Diener bringen.

Aber das kam nun ihrer Mutter zu Ohren. »Wenn der Pascha erfährt, was du da getan hast«, jammerte sie, »läßt er uns alle um einen Kopf kürzer machen.«

»Wenn der Pascha fähig ist, sich so weit zu erniedrigen, soll er es eben tun«, erwiderte Gülbahar.

Die Tage flossen dahin. Die kurdischen Beys konnten weder den Schimmel aufspüren und herbeischaffen noch eine Nachricht von ihm überbringen. Musa Bey und Ahmet saßen immer noch im Kerker. Gülbahar schickte ihnen weiterhin heimlich Mahlzeiten und lief hin und wieder selbst hin, um sie aus der Ferne zu betrachten.

Eines Tages konnte sie diesen Zustand nicht länger ertragen. »Ich muß mit Ahmet sprechen«, flüsterte sie dem Weisen zu. »Heute nacht komme ich zum Kerker, richte Ahmet das aus!«

Der lange, goldblond glänzende Bart Ahmets war gelockt. Seine Wimpern unterstrichen die sorgenvolle Sehnsucht in den großen, mattblauen Augen. Ahmet war hochgewachsen. Sein gelocktes Haar fiel ihm bis in die Stirn. Das lange, schmale Gesicht trug den schmerzverzerrten Ausdruck eines verwundeten Rehs. Die Sorgen, die Sehnsucht, die Leidenschaft der gesamten Menschheit hatten sich in sein Gesicht eingegraben. Ein Traum entrückte Ahmet, ein Zauber bannte ihn. Sein Gesicht verbarg sich hinter einem Lichtschleier. Seine Haltung, sein Blick nahmen den Betrachter unverzüglich für sich ein, trugen ihn fort in das Feuer einer unbekannten, fernen Welt. Gülbahar meinte, ihn schon seit Ewigkeiten zu kennen. So als wären sie zusammen geboren, zusammen aufgewachsen. Er schien ihr sehr vertraut... Vielleicht von Hochzeiten her, Zusammenkünften, von der Jagd auf der Hochebene... Vielleicht, vielleicht, wer weiß. Oder vielleicht auch aus ihren Träumen... So vertraut, so nah.

»Aber wie soll das vor sich gehen, mein Kind?« erkundigte sich der Weise. »Erlaubt das der Kerkermeister? Er wird es dem Pascha melden, und der läßt uns alle köpfen!«

Aber dieses unstillbare Verlangen ließ ihr keine Ruhe. Nachts wälzte sie sich schlaflos umher. Ahmets Gesicht erschien vor ihren Augen wie ein schwankendes gelbes Licht. Er lachte, und in seinen großen blauen Augen lag ein Ausdruck bitteren, unheilbaren Leids. Ahmet mußte eine große Wunde, einen Kummer in sich bergen. Eine klaffende Wunde... Vielleicht hatte er niemanden, vielleicht keine Eltern, keine Geschwister, keine Liebste. Er schien auf dieser Welt allein und verloren zu sein. Allein, mutterseelenallein. Bei diesem Gedanken füllte sich Gülbahars Herz mit stechendem Schmerz. Ich muß ihn sprechen, dachte sie, und der Gedanke ließ sie nicht mehr los. Ich muß mit ihm sprechen, muß ihn von seiner Einsamkeit heilen, von seinem Schmerz befreien. Zu allem Übel sitzt der Arme auch noch im Kerker.

Warum mußte sie dauernd an ihn denken, warum, warum erschien er ihr immerzu vor Augen? Ob im Schlaf, ob im Traum, er war überall dabei. Wo sie auch immer hinblickte, sie sah ihn. Wen und was sie auch anfaßte, sie berührte immer erst ihn. Sie konnte ihres Lebens nicht mehr recht froh werden. Wo sie auch hinging, es zog sie zum Kerker zurück. Gülbahar hatte ihn mittlerweile schon oft gesehen. An seinem massiven Eichentor hing an Ketten ein schweres Schloß. Türbogen und Mauern zu beiden Seiten waren aus grob und uneben behauenem Kalkstein.

Der Kerkermeister hieß Memo. Er war einer der Menschen, denen ihr Vater vorbehaltlos vertraute und die er wie seine eigenen Kinder liebte. Auch Memos Vater war einst einer der treuesten und tapfersten Männer des Palastes gewesen, im Krieg hatte er den Tod gefunden, als Memo erst zwei Jahre alt war.

Memo war jung. Er zeichnete sich durch Tapferkeit und Wagemut aus und hätte für den Pascha sogar sein Leben gegeben. Als Kerkermeister sucht man sich immer solche Männer aus. Memo redete gewöhnlich mit niemandem und errötete wie ein Mädchen, wenn man ihn ansprach. Seit Gülbahar sich erinnern konnte, hatte Memo es nie gewagt, ihr ins Gesicht, in die Augen zu sehen. Immer wenn er sie erblickte, errötete er, und aus den Lippen, den Händen, die zu zittern anfingen, wich ihm das Blut. Gülbahar glaubte, das alles sei Ausdruck seiner Schüchternheit. Sie hatte ihn immer nur sprachlos und wie ein schüchternes Mädchen bis unter die Haarwurzeln erröten gesehen.

Die Küche kochte insgeheim weiter für den Kerker. Auch Memo schickte man ein köstliches Mahl. Und immer versicherte ihm Gülbahar dann: »Dies habe ich eigenhändig für dich gemacht, Bruder Memo!«

So vergingen die Tage. Gülbahar konnte mit Memos Hilfe Ahmets Gesicht einige Male aus einiger Entfernung sehen. Dann und wann ließ Memo das Tor des Kerkers offen und verschwand. Und unter dem Vorwand, mit dem Weisen zu reden, blickte

Gülbahar von den steinernen Kerkertreppen hinab zu Ahmet, der immer am Rand der Fallgrube entlanglief. Mit angenehm wiegendem Gang schritt er aus und bewegte sich vorwärts wie ein Berg, der sich bei jedem Tritt mit äußerster Kraft vom Boden loszureißen scheint. Gemessen, würdevoll, männlich. Von hoch oben fielen aus einigen Scharten schmale Lichtstreifen in den Kerker. Die Fallgrube des Kerkers mündete ein Stück tiefer mitten in einer Felswand. Darunter dehnte sich das Beyazit-Tal, das von einem Horizont zum andern ein endloser Weg durchzog.

Von Zeit zu Zeit drang das Glockenläuten vorüberziehender Karawanen bis in den Kerker hoch und verhallte in der Felswand unterhalb der Fallgrube. Alle Stimmen, die von den Bergen kamen oder aus den Tälern emporstiegen, brachen sich an diesem Hang. Die Fallgrube endete in einer mannshohen Öffnung von einer Hand Breite. Keiner, der nicht von dieser Öffnung gewußt, nicht davon erfahren hätte. Das Volk hielt daher den Baumeister des Palastes für einen Heiligen und verehrte ihn. Dieser Baumeister war obendrein Assyrer. Sicher hatte er selbst lange Zeit im Gefängnis verbracht. Wenige Menschen nur gab es wohl, die so wie er Leid und Mühsal des Kerkers am eigenen Leib verspürt hatten... Was auch immer geschehen mag, so werde ich doch in diesem Kerker ein Augenlicht lassen. Was auch immer geschehen mag, ich werde der erste in dieser Welt sein, der einen Kerker baut, durch dessen Finsternis da und dort Licht dringt. Und kein Tyrann wird es wagen, die Lichtquellen, die ich einbaue, zu verstopfen...

Als der Baumeister den Palast vollendet hatte, hinterließ er dem Pascha einen Brief und war verschwunden. In diesem Brief stand: »Wer die Öffnungen verschließt, wird den ganzen Palast in seinen Fundamenten zerstören. Ich habe diesen Palast auf den Lichtern erbaut, die durch die Öffnungen hindurchdringen. Wer auch immer diese Lichtquellen des Kerkers verstopft, wird jede Plage, die man sich denken kann, auf sich ziehen, und ewige Verdammnis wird auf seiner Sippe lasten. Wer diesen Brief denen vorenthält, die einmal den Palast bewohnen werden, dessen Sippe wird aussterben.«

Seit dem Tag, da der Bau vollendet war, hatte niemand einen Finger an die Lichtquellen gelegt. Und auf diese Weise hatte sich der Kerker des Beyazit-Palastes im Volk einen Namen gemacht. Jeder, der den Kerker betrat, erflehte für den Baumeister, den assyrischen Meister Süleyman, Allahs Segen herbei.

Wenn man winters oder sommers durch die Öffnung Ausschau hielt, erschien die Welt jedesmal in einem neuen Licht. Wege im Tal, die sich kreuzten, bis in den Himmel hinzogen, Wege, die sich verloren, Vögel, Schnee, Karawanen, Kraniche, Trappen, Enten und Gänse, über den Hügeln hängende Sternhaufen, alles wirbelte und wogte durcheinander; das Tal, dessen Wege, dessen sich windende Schluchten im Schimmer schmaler, zum Himmel emporflutender Wasser ineinander übergingen und in drei breiten Bahnen mit ebenso breiten Lichtbündeln dazwischen dahinströmten – es schien, als fliege alles dahin. Jeder Gefangene, der herauskam, suchte tagelang nach dem Tal, das aus jener Öffnung vollkommen anders, gleichsam verzaubert ausgesehen hatte, im Glanz der Blumen, des Schnees, des Lichts, des Grüns, des Violetts, des kupfernen Rots, des Blaus, der Sonne, des Gelbs, leuchtend und sich im orangefarbenen Glühen verwandelnd von einem Augenblick zum andern, er suchte es, konnte es jedoch nicht finden. Wenn der Gefangene aus dem Schatten des Kerkers hervortrat, ging jene Welt unter und mit ihr jenes Tal.

Der Weise, Ahmet und Musa Bey schauten nacheinander durch die Öffnung hindurch, dem zu Ende gehenden Frühling nach. Frühmorgens erhob sich aus dem Tal ein Dunst, der die Hügel im Hintergrund durch seinen unsichtbaren Tüll hindurch zart erscheinen ließ. Allmählich färbte sich der Dunst rosa, um sich schließlich in Nichts aufzulösen.

Gülbahar strahlte vor Glück. Die Liebe ging ihr durch Mark und Bein. Was sie auch anrührte, Lebendiges oder Lebloses, es erschauerte im Feuer der Liebe. Die Liebe trieb Gülbahar durch den Palast wie ein Wirbelwind und ließ sie nicht zum Stillstand kommen. Sie war hin- und hergerissen zwischen stürmischer Freude und finsterer Hoffnungslosigkeit. Ihre Liebe und auch ihre Angst schlugen mit Macht auf sie ein.

Nur für einen kurzen Augenblick, sagte sie zu sich selbst. Nur solange er im Kerker sitzt. Solange er lebte, war das alles, was sie von ihm haben konnte. Etwas anderes war undenkbar. Selbst wenn ihr Vater, die Schahs, die Sultane oder sogar der Scheich der Karawanen es gewollt hätten, würde sie Ahmet nicht wiedersehen können. Auf dieser Welt war alles möglich, aber wenn das Kerkerdasein zu Ende ging, gab es für Gülbahar keine Gelegenheit, Ahmet noch einmal, und sei es auch nur aus der Ferne, zu Gesicht zu bekommen.

All das ging Gülbahar ständig durch den Kopf. Die Liebe, die Hoffnungslosigkeit, der Tod, das Getrenntsein, die Tyrannei. Jedes ihrer Gefühle brach sich unaufhaltsam Bahn.

Auf einmal wurde sie still. Ihr ganzer Körper war müde, als wäre er im Mörser zerstampft worden. Halbtot wankte sie durch den Palast. Allen, die sie so sahen, verschlug es die Sprache. Der Sturm in Gülbahar hatte sich gelegt. Drei Tage taumelte Gülbahar so umher, ohne zu reden, oft ohne sich vom Fleck zu rühren, wie erstarrt, schlaftrunken, wie ein vom Tode Auferstandener, ohne daß man etwas aus ihr hätte herausbringen können. Ihr Gesicht war blaß. Ein fahles Blaß. Ihre Haare hatten all ihren Glanz, ihre Zähne das Weiß verloren. Ein unendlicher Glanz funkelte in ihren großen Augen. An der süßesten Stelle in ihrem Gesicht, in den Wangengrübchen, war ihr das Lächeln erstarrt, das Glück und der Stolz; tiefer Gram zehrte an ihr, ging ihr durch und durch.

Eines Abends zeigte sich mit einem Mal eine Veränderung bei Gülbahar. Der Sturm der Liebe begann wieder in ihr loszubrechen. Gülbahar fand keine ruhige Minute. Erneut überwältigte sie die Liebe von Kopf bis Fuß, drangen ihr Liebe, Freude durch Mark und Bein. Sie sehnte die Nacht herbei. Die Zeit bis dahin schien ihr unendlich lang, wie eine halbe Ewigkeit. Kopfüber stürzte sie aus dem Palast und sah eine Weile dem Funkenflug in der Eisenschmiede zu. Dann lief sie zu Ehmedê Xanis Grab und betete inbrünstig zu ihm. Sie flehte ihn an, ihr zu helfen. Ihr Gebet glich einem Sturzbach, der sich nicht aufhalten läßt. Als sie das Grab Ehmedê Xanis wieder verließ, war die Sonne untergegangen, und auf den Ararat senkte sich jene Nacht, die so lange auf sich hatte warten lassen.

Alles stand ihr jetzt klar vor Augen, bis in jede Einzelheit. Es gab keine Rettung für sie. Sie mußte sich ihrem Schicksal stellen. Wie es auch enden, was es auch kosten mochte. In ihrem Zimmer stand eine schwere, mit Ornamenten verzierte Truhe aus Walnußholz. Darin lag eine goldene, mit Rubinen besetzte kaukasische Halskette, ein Geschenk ihrer Großmutter; außerdem fanden sich darin mit Perlen verzierte Armreife, goldene Fußreife, die ihr Onkel aus Indien mitgebracht hatte, und ein Nasenring aus Afghanistan, ebenfalls von ihrem Onkel. All das, ihren ganzen Besitz, steckte sie in einen samtenen Beutel und lief geradewegs zum Kerker. Memo hielt sich in seinem Zimmer nebenan auf. Sie klopfte an, und Memo öffnete. Ein langer Säbel hing ihm von der rechten Leistenbeuge bis zu den Knöcheln hinab. Sein Filzüberwurf aus rötlichbraunem Fohlenfell war mit kaukasischen Silber- und Goldfäden bestickt. Als er Gülbahar vor sich sah, zeichnete sich auf seinem Gesicht eine unerklärliche Freude ab. Ein unergründliches Glück strahlte aus seinen Zügen. Diese Freude blieb Gülbahar keineswegs verborgen. Von einem Augenblick zum andern schlug jedoch sein Gesichtsausdruck in Hoffnungslosigkeit und Finsternis um. Auch Gülbahar fiel aus ihrer Hoffnungslosigkeit in grenzenloses Staunen. Memo errötete wieder und blickte zu Boden. Seine Hände, seine Lippen zitterten. Er zitterte am ganzen Körper.

Gülbahar reichte Memo den Beutel in ihrer Hand. »Nimm«, sagte sie, »all das ist für dich.«

Memo nahm den Beutel, betrachtete ihn, und seine Hände flatterten vor lauter Zittern wie Vögel.

»Diesen Ahmet im Kerker wirst du mir zeigen!«

Der Beutel entglitt Memo und fiel zu Boden. Ein lautes Klirren hallte durch die Nacht. Gülbahar bückte sich, hob den Beutel auf und streckte ihn erneut Memo entgegen. Memo aber nahm den Beutel nicht an sich. Alles Blut war ihm aus dem Gesicht, ja aus dem ganzen Körper gewichen. Sein Gesicht war weiß wie Kreide.

»Nimm dies, Memo! Nimm dies, und führ mich zu dem Mann da drinnen! Und dann geh zu meinem Vater und sag ihm alles, sag es ihm, so daß er mir den Kopf abschlägt!«

Memo stand wie versteinert da. Erst geraume Zeit später hob er ganz langsam den Kopf und blickte Gülbahar an. In seinen Augen lag tödlicher Schmerz.

Es war der Todesglanz in den Augen eines Mannes, der im Sterben liegt. Gülbahar mußte die Augen niederschlagen.

Memos Hände wanderten zu seinem Gürtel, matt, langsam... Er zog den Kerkerschlüssel aus dem Gürtel, reichte ihn Gülbahar und entfernte sich. Mit dem Schlüssel in der Hand stand Gülbahar eine Weile wie gelähmt da und wußte nicht, ob sie sich freuen oder ob sie weinen sollte. Dann brach sie in Tränen aus. Sie setzte sich an Ort und Stelle vor Memos Zimmer nieder und weinte und weinte. Einen Augenblick lang sah es so aus, als wolle sie den Schlüssel zum Kerker an der Kerkertür zurücklassen und verschwinden, sie brachte es aber dann doch nicht fertig. Sie stand mühsam auf, und während ihr das Herz die Brust zu zersprengen drohte, stolperte sie vorwärts zur Tür des Kerkers. Sie steckte den großen Schlüssel in das Schloß und öffnete. Im Kerker war es finster. Ganz unten vom Grund des Kerkerbrunnens schimmerte schwach ein Licht herauf. Gülbahar tastete sich vorwärts und stieg die alten steinernen Treppen hinab, die man schon vor Hunderten von Jahren, noch ehe man diesen Palast darauf errichtete, gemeißelt hatte. Nichts regte sich in der Tiefe des Kerkers. Sie wirkte wie Schlamm, der sich, vollkommen eben und dick, im Schimmer des spärlichen Lichts abgelagert hatte. Im Kerker roch es nicht feucht. Von unten herauf verbreitete nur eine gegerbte Tierhaut ihren sauren Geruch.

Gülbahar stand am Ende der Treppe und spähte angestrengt nach dem Grund des Kerkers.

»Weiser! Weiser!« rief sie leise.

Als der Weise Gülbahars Stimme vernahm, eilte er aufgeschreckt in Unterhemd und Unterhose zur Treppe.

»Bitte sehr, meine Sultanin!« empfing er sie. »Wie

bist du denn hierher gekommen? Der Pascha läßt uns alle einen Kopf kürzer machen. Los, geh schon! Seit dieser Kerker besteht, bist du die erste Frau, die sich hierher verirrt. Los, los, los, geh schon hinaus! Hoffentlich hat niemand dich kommen sehen...«

»Wo ist Ahmet? Benachrichtige ihn!«

»Gleich, gleich«, versicherte der Weise und ging.

Aus der Finsternis, aus der undurchdringlichen Tiefe heraus flüsterte es eine Weile. Dann sank alles in tiefe Stille. Gülbahars Herz schlug so laut, daß sich das Pochen sogar an den kalten Felsen des Kerkers brach. Zumindest kam es Gülbahar so vor.

Sie wartete, aber niemand zeigte sich. Je länger sie wartete, desto mehr steigerte sich ihre Leidenschaft, desto heftiger klopfte ihr Herz, klopfte wie das eines verwundeten Vogels. Dies ging so lange, bis sich aus der Tiefe ein Schatten löste, sich näherte. Ihr war ganz eigenartig zumute, während sie dem heranwandelnden Schatten entgegenblickte. Sie fühlte, wie ihr die Kräfte schwanden, ihr Kopf sich drehte, und hätte sie sich nicht an der Wand festgehalten, wäre sie hingefallen.

Als sie Ahmets Atem auf ihrem Gesicht spürte, kam sie mit einem Mal zu sich. Beide standen eine Weile reglos da. Keiner brachte ein Wort hervor.

Ahmet war der erste, der zu sprechen begann.

»Gülbahar, bist du es?«

»Ja, ich bin's!« hauchte Gülbahar kaum hörbar. Es war, als ob sie seit alters befreundet, verliebt, eins gewesen wären. Eine Wolke der Liebe hüllte sie ein, warm, schön, freundlich... Diese Liebe breitete sich bis in den hintersten Winkel des Kerkers aus. Es gab einige Chukarhühner hier. Der Weise hatte sie aufgetrieben, wer weiß woher. Sie ließen um Mitternacht, gegen Früh und am Mittag ihren Ruf ertönen, wann immer sie dazu Lust verspürten. Unten im Grund rief ein Chukarhuhn. Dieser Ruf, auf den Gülbahar nicht gefaßt war, erschreckte sie so sehr, daß sie zusammenfuhr. Sie streckte den Arm aus, faßte Ahmet bei der Hand, und Hand in Hand schritten sie die Kerkertreppen hinauf und weiter bis oben in den Kerkerturm. Der Turm blickte hinab ins Tal. Zwei Schritte vor ihnen ragte die endlose, tiefe Bergwand empor. In der Ferne Sterne, das Tal, die unendliche Finsternis, der auf den schmalen Hügeln liegende Schatten des Ararat. Über dem Ararat hing ein uralter, bleicher Mond, dessen eine Seite wie abgeschliffen war. Eine tiefschwarze Wolke schob sich über ihn. Gülbahar ließ Ahmets Hand nicht los. Allmählich fingen ihre Hände zu brennen an...

Als am Morgen die ersten Hähne krähten, erhoben sie sich von ihrem Platz vor dem Turm. Eine Flamme trennte ihre Hände, als wären sie in der Mitte auseinandergerissen. Gülbahar wollte durchaus nicht von ihm lassen und das Glück genießen, bis zur Morgendämmerung schweigend Ahmets Hand zu halten. Wen kümmerte es, wenn danach ihr Blut rötlich durch die Erde sickern würde! Sie faßte noch einmal nach Ahmets Hand. Wieder vereinten sich zwei Flammen. Allmählich zog der Tag herauf. Ihre Hände lösten sich. Ahmet lief in den Kerker zurück. Gülbahar hörte, wie das Kerkertor hinter ihm ins Schloß fiel. Eine Weile blieb sie wie festgewurzelt stehen, unschlüssig, was sie tun, wohin sie gehen sollte. Dann fiel ihr Blick auf den Schlüssel, den sie Memo zurückgeben mußte. Sie lief zur Tür des Kerkers und war vor Memos Zimmer angelangt. Die Zimmertür stand offen, doch Memo war nicht zu entdecken. Ihr wurde angst und bange, und sie rannte auf der Suche nach ihm durch den ganzen Palast. Sie fand ihn schließlich jenseits der inneren Festungsmauer rechts am Tor sitzend, den Rücken an die Wand gelehnt. Er sah wie tot aus, rührte sich nicht. Auch der

Widerhall von Gülbahars Schritten konnte Memo nicht aufrütteln. Gülbahar rasselte mit dem Schlüssel vor Memos Ohren. Auf seinem Gesicht, an seinem Verhalten zeigte sich keine Veränderung. Gülbahar stand vor ihm und wartete eine ganze Weile, doch er rührte sich nicht. Sie legte ihm den Schlüssel auf den Schoß und sagte: »Danke, Bruder Memo. Deine Güte werde ich mein Lebtag nicht vergessen.«

Auch jetzt regte sich Memo nicht. Gülbahar entfernte sich, und der Tag brach an.

Ahmet fühlte sich nun am Grund des Kerkers verlassen wie ein Stein. Er konnte nicht an dieses Wunder, das Wirklichkeit geworden war, glauben, an den warmen Zauber, den heißen Duft einer Frau wie Gülbahar. Ihm war, als hätte er geträumt in dieser Nacht. Einen Augenblick lang wunderte er sich, fragte sich, ob dies Traum oder Wirklichkeit war, so sehr erfüllten ihn Liebe und Glück, doch dann fiel er wieder zurück in die Leere, in seine Zweifel, seine Einsamkeit.

Also deshalb war der Schimmel gekommen, hatte an seiner Tür gestanden. Allah hatte es also so gewollt. Dieser Schimmel, dieses Mädchen waren Allahs Geschenk, das Geschenk des Ararat. Man mußte sich dessen würdig erweisen. Gülbahar war wie eine Blume des Ararat, stark duftend, kräftig und schwindelerregend schön.

»Weiser, gib mir die Flöte«, bat er.

Der Weise reichte sie ihm. Der Weise, Musa Bey, der Kerker und die Chukarhühner hörten jetzt aus der Flöte eine ganz neue, bis dahin unbekannte Weise. Hätte Gülbahar sie zu Ohren bekommen, sie hätte den Verstand verloren vor Freude.

An diesem Tag lief Gülbahar ruhelos von früh bis spät im Palast umher. Geistesabwesend, wie eine Schlafwandlerin, ohne etwas zu essen, ohne etwas anzurühren. Ihr Vater würde Ahmet nicht freilassen.

Und falls doch, so würden sie nicht zusammenkommen können. Niemals würde ein Pascha seine Tochter einem Bergbewohner geben!

Als sie aus dem Kerker den Klang der Flöte hörte, kam sie zu sich. Ein Schauer ging durch sie hindurch, von Kopf bis Fuß.

Wenn Ahmet doch das Gefängnis verlassen könnte, wenn er doch in einer Nacht käme, sie auf das Pferd höbe und zu den vielen Gazellen in die Wüste ritte... Es gab dort kurdische Stämme und Sippen mit langen Zelten. Und gastfreundlich waren die Kurden. Ohnehin behandelten sie die Menschen vom Ararat ganz anders. Als wären sie Wesen von einer anderen Welt, Heilige. Aber ihr Vater würde sie auffinden und töten lassen, wo immer er auch sein mochte. Der Arm der Osmanen reichte weit, bis zum anderen Ende der Welt, und sie würden es fertigbringen, auch Ahmet zu töten, auch sie. Auch Memo. Memo war merkwürdig. Daß er all das Gold nicht annehmen wollte! Er hatte ihr einfach den Schlüssel gegeben und war verschwunden. Die Erinnerung an Memo, an sein verbittertes Gesicht quälte sie, und sie versuchte, ihn aus ihrem Gedächtnis zu vertreiben und möglichst nicht mehr an ihn zu denken. In ihrem Innersten spürte sie, daß Memo sich schon seit geraumer Zeit ihr gegenüber eigenartig benahm. Als sie zu ihm ging, wußte sie, daß Memo, koste es was es wolle, ihr den Wunsch erfüllen würde.

Sie wollte sich jede Nacht mit Ahmet treffen, solange er hier im Kerker saß, aber wie konnte man jedesmal von Memo den Schlüssel verlangen und ihm in sein verbittertes Gesicht schauen? Als er ihr den Schlüssel ausgehändigt hatte, war dies für ihn einer Folter gleichgekommen, einer Qual schlimmer als der Tod. Das konnte Gülbahars Blick nicht entgehen, niemand hätte es übersehen können.

Alles in ihr rebellierte. Sie rebellierte gegen alles, gegen ihren Vater, die Traditionen, den Palast, den Ararat, gegen die ganze Welt.

Aus dem Ratssaal war die kräftige, laute Stimme ihres Vaters zu vernehmen. Mahmut Khan war ein gutaussehender Mann. Immer wenn er kurdisch sprach, wirkte er noch freundlicher, wärmer, schöner. Er glich einem riesigen Adler. Gülbahar hatte bis jetzt nur ihren Vater gern gehabt. Sie bewunderte ihn. Und ihr Vater wußte auch, daß sie an ihm hing.

Der Tag ging zu Ende und wich der Nacht. Gülbahar wanderte im Palast umher. Sie lief und lief, blieb jedoch in der Nähe des Ratssaals. Drinnen war offenbar Ruhe eingekehrt. Sie kam darauf, weil die Schritte längst verhallt waren. Ihr Vater verrichtete sicher sein Schlafgebet.

Wenn ich nun zu Mahmut Khan gehe und mich ihm zu Füßen werfe... dachte Gülbahar... Nicht als deine Tochter, sondern nur als Bittsteller bin ich zu deinem Haus gekommen, Mahmut Khan. Vergib Ahmet, mir zuliebe, Mahmut Khan, Khan der Khans. Verleugne nicht deine Sippe, Mahmut Khan. Sie stammt vom ruhmreichen Ararat, sagte mein Großvater immer, weißt du das nicht, Mahmut Khan? Neben unserem Haus gab es früher Adlernester; und wenn ich dir nun sage, daß...

Als ein Soldat die Tür öffnete, wäre sie fast eingetreten. Sie hielt sich nur mühsam zurück. Sie hätte sich dem Khan zu Füßen geworfen. Das Herz klopfte ihr bis zum Hals. Schleppenden Schrittes entfernte sie sich von der Tür des Ratssaals. Wenn es nur um sie ginge, wäre alles ein Kinderspiel. So aber würde ihr Vater Ahmet töten lassen, wenn er davon Wind bekäme.

Bis Mitternacht lag sie wach. Die ganze Stadt Beyazit lag in tiefem Schlaf. Kein Geräusch – außer dem

Klirren der Ketten, das dann und wann aus dem Kerker drang. Gülbahar wälzte sich eine Zeitlang schlaflos von einer Seite zur andern.

Die Sache hatte keine Zukunft. Welches Ende sie auch immer nehmen würde, eines Tages würde man sie erwischen, und ihr Vater würde Ahmet töten. Bis zum heutigen Tag war nichts, aber auch nichts in diesem Palast ein Geheimnis geblieben. Obwohl alles erst vor kurzem begonnen hatte, merkten ihre Schwestern, daß sie verändert war. Vielleicht hatte jemand beobachtet, wie sie sich trafen, und der ganze Palast würde morgen Kopf stehen, oder der Kerkermeister Memo würde aus Angst ihren Vater verständigen und damit sein Leben retten. Würde Memo das wirklich tun?...

All diese Gedanken, diese Ängste ließen sie nicht mehr in Ruhe und trieben sie aus dem Bett; sie stand auf und fand sich mit einem Mal vor der Tür des Kerkers. Eine Weile schritt sie auf und ab. Sie kam zu Memos Tür und blieb eine Zeitlang stehen. An der Tür anzuklopfen, dazu brachte sie nicht den Mut auf. Die widersprüchlichsten Gefühle wie Angst, Scham und Schmerz fochten in ihr einen Kampf aus. Drinnen merkte Memo, daß sie vor der Tür stand und überlegte. Mit einem Ruck öffnete er die Tür. Als Gülbahar ihn sah, machte sie kehrt und lief schnurstracks davon. Memo aber holte sie ein, reichte ihr den Schlüssel und deutete auf sein Zimmer.

»Sprecht hier miteinander«, flüsterte er mit leiser, kaum hörbarer Stimme.

Gülbahar nahm alle Kraft zusammen und schloß das Kerkertor auf. Sie stieg die Treppen hinab.

»Weiser, Weiser!« rief sie. Seit Einbruch der Dunkelheit wartete Ahmet schon auf sie und hatte kaum zu atmen gewagt. Bei dem geringsten Laut erhob er sich sofort. Er eilte Gülbahar gleich entgegen. Ihre Hände vereinten sich wie Flammen.

Warum hatte Memo auf sein Zimmer gedeutet und gesagt, sie sollten hier miteinander reden? War er ein Heiliger, dieser Memo? Konnte so ein Mensch, so ein selbstloser Mensch überhaupt auf diese Welt kommen? Sie fühlte sich niedergeschlagen. Sie zog Ahmet in eine andere Richtung, den Kerker hinauf, an der rechten Seite des Kerkerturms hoch zur Bergwand, die nach Osten schaute. Vor der Mauer ließen sie sich nieder. Hand in Hand, ineinander versunken saßen sie da, ohne sich zu rühren. In der Stille der Nacht fühlten sie sogar ihr Blut zirkulieren.

Mit einer Stimme, die einem Klagelied glich und einen im Innersten rührte, fragte Gülbahar: »Stimmt es?«

Ahmet antwortete mit einer neuen Frage: »Was?«

»Mein Vater will dir, dem Weisen und Musa Bey den Kopf abschlagen lassen, wenn du innerhalb von vierzig Tagen den Schimmel nicht zurückbringst.«

»Es stimmt.«

Gülbahar jammerte leise vor sich hin, aber er konnte nicht verstehen, was sie sagte.

»Erinnerst du dich an mich«, fragte er, »beim Fest auf der Hochebene oberhalb des Küp-Sees?«

»Niemals hab ich dich aus dem Gedächtnis verloren. Du warst Nomadenführer. Erinnerst du dich auch an mich?«

»Wie heute stehst du mir vor Augen. Du trugst Fußreife aus roten Korallen.«

Gülbahar versank in einem süßen Traum – wie in Trance.

»Auf der Hochebene«, sagte sie, »über dem Küp-See sang ein Barde mit langem Haar drei Nächte hintereinander das Lied von ›Siy Ahmede‹ und konnte kein Ende finden. Dabei war er erst am Beginn des Liedes.«

»Er singt dieses Lied über vierzig Tage hinweg, es ist sehr lang.«

»Wenn der Schimmel nicht kommt, läßt mein Vater euch alle drei töten.« Sie stieß einen tiefen Seufzer aus.

Ahmet entgegnete: »Wer uns um einen Kopf kürzer machen will, soll es tun, aber kann man einem hundertjährigen Weisen den Kopf abschlagen? Das wäre grausam. Seit die Welt besteht, hat man so eine Grausamkeit noch nicht begangen, von keiner gehört, keine gesehen. Der arme Weise! Er ist schon sehr alt. Allerdings kümmert er sich nicht darum. Andauernd spielt er Flöte, lacht und spielt wieder, mit gekrümmtem Rücken. Ich habe Mitleid, großes Mitleid mit ihm. Wenn ich könnte, würde ich ihn retten. Einem Menschen in diesem Alter kann man nicht den Kopf abschlagen. Der Pascha soll geäußert haben, daß er – vor den Augen der anderen – zuerst den Weisen köpfen lassen will.«

»Niemand soll getötet werden!«

Ahmet schwieg.

Gülbahar umarmte ihn.

Ahmet warnte: »Der Pascha darf es nicht erfahren, sonst läßt er auch dich umbringen!«

Gülbahar erwiderte mit stolzer, herausfordernder Stimme: »Soll er doch! Das soll er nur tun!«

»Auch um Musa Bey tut es mir leid. Alles nur meinetwegen. Soll ich den Schimmel bringen lassen? Soll ich das Leben des Weisen, das Leben Musa Beys retten? Aber die Meinen können den Schimmel nicht hergeben. Falls sie es doch tun, wie kann ich ihnen je wieder ins Gesicht sehen, wenn ich aus dem Kerker komme? Man wird sagen, daß ich dem Pascha den Schimmel, das Geschenk Allahs, aus Angst um mein Leben zurückgegeben habe. Niemandem kann ich mehr unter die Augen treten. Aber das Leben des Weisen, das Musa Beys?«

Es schnürte ihr fast die Kehle zu. Sie legte den Kopf auf Ahmets Schulter und weinte und weinte.

Verflucht sei das Pferd, verflucht, das Pferd sei verflucht, fuhr es ihr in einem fort durch den Kopf.

Die Hähne des Sonnenaufgangs krähten. Die Sonne, die an der Flanke des Ararat klebte, leuchtete so tiefrot, als wäre sie keine Sonne, sondern ein riesiger, runder Apfel, in einem kristallenen Rot gleißend. Ein Apfel aus Glas.

Ihre Hände rissen sich los voneinander wie Flammen. Ahmet wandte sich zum Kerker. Gülbahar blieb an Ort und Stelle wie angewurzelt zurück und sah ihm nach. In ihren Knien war keine Kraft mehr zum Aufstehen. Erst gegen Mittag konnte sie sich aufraffen. Sie war dem Ersticken nahe.

Wenn ihr Vater einmal gedroht hatte, jemanden zu töten, dann tat er dies auch. Selbst ein Erlaß des Sultans hätte ihn nicht davon abgehalten. Noch niemals hatte man erlebt, daß er seine Drohung einmal nicht wahrgemacht hätte. Ahmet befand sich in einer ausweglosen Lage. Wenn er den Schimmel zurückgab und aus dem Kerker freikam, wäre er für die Bergbewohner wie ein Toter. Aber wo lag des Weisen Schuld, Musa Beys Schuld?

Wie konnte Ahmet sie mit sich in den Tod reißen? Diese Gedanken gingen Ahmet und auch Gülbahar durch den Kopf. Selbst sein Tod konnte Ahmet nicht retten.

Für Gülbahar gab es nicht die geringste Hoffnung. Kein Schimmer einer Hoffnung zeigte sich, nicht der kleinste, nirgendwo. Die Hoffnungslosigkeit stieg rings um sie an wie schweres Wasser. Es würde sie ertränken. Ein Glück von vierzig Tagen für ein ganzes Leben. Das würde bis zu ihrem Tod ihre einzige Freude sein. Eine Freude von vierzig Tagen. Die Freude, die man empfindet, wenn man die Hand eines Toten hält, einen Mann umarmt, dessen Kopf abgeschlagen werden soll…

Selbst wenn Ahmet den Schimmel herbrächte, aushändigte, nicht geköpft, vielmehr gerettet würde, könnte Gülbahar ihn nie mehr im Leben sehen. Ahmet würde sich auf seinen Berg zurückziehen, und sie würde, verlassen wie ein Stein am Grund des Brunnens, hier im Palast zurückbleiben. Für sie war das Leben zu Ende. Zudem wollte ja Ahmet den Schimmel gar nicht zurückgeben. Sie würden ihn vor ihren Augen köpfen, sein blutendes Haupt auf einer Lanze aufspießen und mit einem Riesenspektakel durch die Stadt ziehen. Sein goldener Bart würde mit Blut besudelt sein. »Ich habe nie gewagt, ihn zu küssen, sie aber werden ihn mit rotem Blut besudeln«, schluchzte sie.

Und sie würden Ahmets Körper vom Burgturm hinabwerfen. Er würde in den gähnenden Abgrund fallen, und der Fels, auf dem er aufschlug, würde ihn zerschmettern.

»Ich werde es nicht wagen können, ihn zu küssen«, wiederholte sie; sie war zu jedem Opfer, auch dem letzten, bereit und dachte voller Qualen darüber nach, welche Mittel und Wege es gab, Ahmet zu retten.

»Auch wenn ich sein Antlitz bis ans Ende meiner Tage nicht mehr sehe, so soll er wenigstens leben. Nun wenn schon, er soll wenigstens leben... Wenn schon, er soll leben. Er soll Kinder haben so zahlreich wie die Wolfsherde auf den Bergen. Wenn schon, er soll leben, auch wenn ich dabei sterbe!«

Vielleicht gab es doch noch eine Hoffnung. Würde Musa Beys Vater zulassen, daß man seinem Sohn den Kopf abschlug? Und die anderen kurdischen Beys... Musa Bey war ja das Opfer ihrer Lüge. Würden die Bergbewohner auf dem Ararat ihnen den Schimmel nicht überlassen, wenn sie zu ihnen gingen und sagten, sie möchten ihnen für den Kopf des Weisen, Ahmets und Musa Beys den Schimmel abtreten?

Die Bergbewohner waren strenge Leute. Sie hörten auf niemandes Wort, ließen jedoch einen Bittsteller, der sie anflehte, nicht einfach mit leeren Händen wieder davonziehen. Auf dem Ararat lief alles, wie die Tradition es verlangte, niemand konnte sie übergehen. In Gülbahar regte sich ein Hoffnungsschimmer.

Dann kam ihr ein Gedanke: Wenn ich nun selbst gehe und den Schimmel von den Bergbewohnern zurückverlange? Einer Frau würden sie diese Bitte bestimmt nicht abschlagen. Falls die Beys aus lauter Angst vor meinem Vater nicht zu den Bergbewohnern gehen, dann tue ich es eben. Ich werde meinen Ahmet retten. Ich werde sein Antlitz nicht mehr sehen, bis ich sterbe. Kinder so zahlreich wie eine Wolfsherde...

Sie mußte die Sache unbedingt mit jemandem besprechen, zu dem sie Vertrauen hatte. Vielleicht sollte sie selbst sich zu den Bergbewohnern aufmachen. Oder Musa Beys Vater eine Nachricht schicken, damit er sie aufsuchte.

Unschlüssig, was zu unternehmen sei, konnte sie nachts kein Auge zutun. Ihr Bruder, vom gleichen Vater und der gleichen Mutter wie sie, mochte sie sehr. Würde Yusuf sie vielleicht nicht umbringen, wenn sie mit ihm darüber redete? Konnte man ihm vertrauen? Würde Yusuf mit ihr kommen, um den Schimmel zurückzuverlangen? Angenommen, Yusuf war mit allem einverstanden. Würden die Bergbewohner ihn möglicherweise im Austausch für Ahmet gefangennehmen? Würde man sie nicht auch dort behalten, wenn sie sich doch allein auf den Weg machte? Dann aber ging sie mit sich ins Gericht, weil sie sich sagte, daß sie damit den Bergbewohnern Unrecht tat. Sie sind nicht von der Art meines Vaters; sie würden einen, der als Gast, als Bittsteller gekommen war, nie gefangennehmen. Sie würden auch einer Frau, die, für welche Sache auch immer, als Bittsteller sich eingefunden hatte, kein Haar krümmen, sie nicht anrühren, was auch immer sie ihnen vorzubringen hatte.

Sie lief in Yusufs Zimmer. Er schlief noch nicht, lag vielmehr halb über den Diwan hingestreckt da und schliff einen alten Säbel. Er polierte ihn so lange, bis seine Inschriften zum Vorschein kamen.

Als er Gülbahar erblickte, huschte ihm ein Lächeln über die Lippen: »Was ist los, Gülbahar, zu dieser späten Stunde?«

Gülbahar setzte sich zu ihm. Yusuf hatte ein schmales, längliches Gesicht, so blaß, als habe noch nie die Sonne hineingeschienen. Aber er war hochgewachsen. Er schaute sie seltsam an. In seinen Augen lagen Fragen über Fragen. Gülbahar umschlang seinen Hals, und die Tränen rannen ihr übers Gesicht. Als sie eine Weile vor sich hingeweint hatte, fragte Yusuf mit eiskalter Stimme:

»Was hast du denn, Gülbahar? Warum weinst du?«

»Wenn überhaupt jemand meine Sorgen vertreiben kann, dann bist du es.«

Yusuf riß seine großen, honigfarbenen Augen weit auf: »Was hast du da gesagt?«

Gülbahars Lippen zitterten. Sie brachte eine Zeitlang kein Wort hervor. Schließlich sagte sie: »Du wirst mich vor dem Tod retten.«

Yusuf war völlig verblüfft und fühlte, wie eine innere Unruhe von ihm Besitz ergriff.

»Was ist mit dir, Mädchen?« brüllte er.

Gülbahar sprach hastig: »Mein Vater wird ihnen den Kopf abschlagen lassen. Wir müssen das verhindern! Gehen wir zu den Bergbewohnern und verlangen den Schimmel zurück. Sie werden ihn uns geben, wenn wir sie darum bitten. Yusuf, mein Bruder, komm, gehen wir zu den Bergbewohnern... Ja?«

Yusuf widersprach: »Was geht dich das an? Was

gehen sie dich an? Mein Vater wird mit vollem Recht den Kopf dieser Verräter abschlagen lassen. Was gehen sie dich an?«

Mit einemmal hielt er inne und blickte Gülbahar streng an: »Soll das heißen, Gülbahar...«, schrie er, »soll das etwa heißen, daß...?«

Gülbahar hauchte kaum hörbar: »Ja, so ist es.«

Yusuf sprang auf.

»Dieser Ahmet, nicht wahr? Vater bringt dich um dafür. Er bringt dich um. Mein Vater bringt dich um dafür, bringt dich um...!«

Yusuf schritt im Zimmer auf und ab, und mit jedem Schritt steigerte er sich mehr in seine Ekstase. Seltsam wirkte er – als wolle er einen alten Feuertanz aufführen.

»Mein Vater wird dich umbringen, umbringen... Ja, er wird dich umbringen, umbringen... umbringen!« murmelte er wie im Fieber, unablässig...

Er konnte sich nicht mehr beruhigen. Seine Augen waren weit aufgerissen vor Angst.

Gülbahar glaubte, er habe den Verstand verloren: »Yusuf, bist du verrückt geworden?«

Yusuf schrie förmlich vor Lachen: »Du bist verrückt geworden! Du! Du bist verrückt geworden... Mein Vater wird dich umbringen!«

Mit letzter Kraft bat Gülbahar noch einmal: »Yusuf, Yusuf, Yusuf, willst du nun mit mir kommen, um den Schimmel zu holen?«

»Bist du verrückt geworden, ganz und gar verrückt?«

»Aber man wird ihnen allen, auch Ahmet, den Kopf abschlagen, wenn der Schimmel nicht zurückkommt, und ich, ich mache meinem Leben auch ein Ende.«

»Tu das nicht, Gülbahar. Wie es auch ausgeht, tu das nicht. Ich gehe nicht mit, den Schimmel zu holen.

Mein Vater bringt dich um! Wie es auch endet, nimm dir nicht das Leben, Gülbahar, niemals, ja?«

Yusuf war verstört, Angst überfiel ihn. Und seine Angst, seine Unruhe verwirrten Gülbahar die Sinne.

»Du läßt mir also keine Hoffnung«, seufzte sie und nahm seine Hände in die ihren. »Nur eins noch, erzähl das niemandem. Auch nicht meiner Mutter... Wenn Gülistan und Gülriz davon hören, töten sie mich. Reißen mich in Stücke. Sag es niemandem, ja?«

»Könnte ich je so etwas tun?« fragte Yusuf. »Mein Vater würde dich zerstückeln. Jedem Hund ein Stück von dir zum Fraß hinwerfen. Wie könnte ich das je verraten? Aber erzähl auch du es keiner Menschenseele, Gülbahar!«

Yusuf benahm sich merkwürdig. Er war verschreckt und glich einem ängstlichen Vogel, der sich vor lauter Furcht unter seine Flügel duckt.

Gülbahar hatte nie im Leben erwartet, daß Yusuf sich so verhalten würde. Sie hatte ihn immer als tapfer, besonnen und ritterlich gekannt. Wie hatte sie sich so täuschen können? Würde Yusuf nun zu ihrem Vater gehen und alles berichten, was vorgefallen war? Wer weiß. Er war wie vom Schlag getroffen, so daß die Angst ihn wohl zu allem befähigte.

Sie ließ Yusuf, völlig verstört, die Angst im Nakken, in seinem Zimmer zurück.

Unweit des Ararat-Gipfels, an seinem nach Südwesten blickenden Hang, liegt ein See, Küp-See genannt. Ein See so groß wie ein Dreschplatz. Das Wasser ist tiefblau. Wie das eines Brunnens. Er liegt zu Füßen roter, schroff abfallender, leuchtender Felsen. Jedes Jahr, sobald der Frühling erwacht, kommen alle Hirten des Ararat zum Ufer des Sees, versammeln sich rings um ihn herum, breiten ihren Filzüberwurf mit dem Sonnensiegel auf der kupfernen Erde aus, nehmen ihre Flöten und spielen vom Aufgang der Sonne bis zu ihrem Untergang das Lied vom Zorn des Ararat. Die Hirten des Ararat haben schöne, schwarze, schwermütige Augen. Lange, schöne Finger. Einige unter ihnen tragen üppig wallende, goldene Bärte. Ein winziger, weißer Vogel zieht seine Kreise über dem See so lange, wie die Hirten am Seeufer auf der Flöte spielen. Wenn der Tag sich zu Ende neigt, verschwinden die Hirten in der Dunkelheit. Genau in dem Augenblick stürzt der weiße Vogel, der eben noch herumflog, herab, streift mit einem der Flügel das tiefe Blau des Wassers, um dann zusammen mit den Hirten in der Dunkelheit zu versinken. An der Stelle, an der der Flügel das Wasser berührte, kräuseln sich kleine Wellen, werden immer weiter und schlagen schließlich gegen das kupferne Ufer. Dann fällt der Schatten eines großen Pferdes über den See, um sogleich in stolzer Würde wieder davonzuziehen.

Der Palast stand auf der Südseite eines über das Tal hinragenden Felsens. Der Fels fiel steil ab, und zu seinen Füßen dehnte sich das Tal. Breite Wege durchzogen es von Horizont zu Horizont. Die Häuser des Marktfleckens Beyazit mit ihren Dächern aus Erde duckten sich ins Tal unterhalb des Palastes bis hinüber nach Osten zur Bergwand des Ararat.

In der Eisenschmiede von Hüso mit dem üppigen, weißen Haar, die zu Füßen eines riesigen Felsens lag, brannte die ganze Nacht hindurch Licht, und die Feuerbälle sprühten bis in die frühen Morgen durch die Tür der Schmiede hinaus in das Dunkel. Manchmal flossen die Funken ununterbrochen wie eine Wasserflut. In Nächten, in denen Mahmut Khan gut aufgelegt war, betrachtete er von seinem Fenster aus bis in den Morgen hinein den Feuerstrom, der sich aus Hüsos Tür in die Nacht hinaus ergoß.

Niemand kannte Hüsos Alter. Er arbeitete in der Schmiede zusammen mit seinen fünf Söhnen und schmiedete wunderschöne goldverzierte, scharfe und unzerbrechliche Schwerter. Solange er denken konnte, hatte er niemals den Palast eines Paschas, das Konak eines Beys betreten. Im Ramadan fastete er für gewöhnlich nicht, verrichtete kein Namaz, betete überhaupt nie. Einige behaupteten, Hüso bete das Feuer an. In manchen Nächten hob und senkte sich der Blasebalg in Hüsos Hand, ging auf und nieder, so daß die Schmiede und der Eingang in einem Funkenregen förmlich versanken; Hüso kniete dann vor dem Feuer nieder und hob im Angesicht des Feuers die Hände.

Sommers wie winters hatte Hüso kaum etwas am Leib. Um die Beine hatte er nur ein sehr dickes Tuch gewickelt, das er mit einem Leibgurt an der Taille festhielt.

Gülbahar sah mit hoffnungslosen Augen aus dem Fenster. Der Marktflecken lag in tiefem Schlaf. Aus der Tür von Hüsos Schmiede stoben Funken, Feuerbälle hinaus in die Nacht...

Und drinnen im Kerker spielte der Weise von der tiefsten Tiefe herauf auf seiner Flöte den Zorn des Ararat. Drunten im Tal von Beyazit wieherte in der Ferne ein Pferd, so als sei es verrückt geworden. Aufgeregt, verängstigt.

»Weiser«, rief Gülbahar.

»Der Weise steht dir zu Diensten«, erwiderte dieser und unterbrach sein Flötenspiel.

»Es dauert nicht mehr lange, und sie werden euch den Kopf abschlagen. Gibt es denn gar keinen Ausweg mehr?«

»Keinen«, gab der Weise zur Antwort.

»Wenn du von hier fortkommen, den Schimmel

holen und ihn herbringen würdest, würde man euch den Kopf nicht abschlagen...«

»Nein«, wehrte der Weise ab, »der Schimmel kann nicht herkommen. Doch bewundert der Weise deine schönen Worte.«

In der Nacht standen sich der Weise und Gülbahar dann eine Weile von Angesicht zu Angesicht gegenüber. Keiner von beiden sprach.

»Aber das darf doch nicht sein!« preßte Gülbahar mit halb erstickter Stimme hervor. »Das kann doch wirklich nicht sein! Sünde, Tyrannei! Das kann doch einfach nicht... Wenn doch dieser Palast wie ein Kartenhaus zusammenbrechen würde!« Dann verlosch ihre Stimme, erstarb.

»Wenn doch dieser Palast zusammenbrechen würde«, wiederholte der Weise, und seine sanfte Stimme vermischte sich mit der brechenden Stimme Gülbahars.

Konnte ein Schimmel vier Menschen aufwiegen?

»Dieser Palast wird wie ein Kartenhaus zusammenfallen«, bekräftigte der Weise. »Es geht nicht um einen Schimmel, es geht um Tausende von Palästen...«

Gülbahar drängte erneut: »Gibt es denn beim besten Willen keinen Ausweg? Weiser, soll ich zum Berg gehen? Zu Ahmets Stamm? Und sagen, daß Ahmet und der Weise den Schimmel wollen?«

»Nein!« beharrte der Weise.

Gülbahar ließ nicht locker. »Soll ich zu meinem Vater gehen und mich ihm zu Füßen werfen, damit er auf den Schimmel verzichtet?«

»Nein, meine Liebe!« beschwichtigte sie der Weise. »Nein, meine Sultanin! Ist es das alles wert, nur für ein Menschenleben? Doch bewundert der Weise deine schönen, honigsüßen Worte... Der Weise bewundert deine goldblonden Haare... Er bewundert deine Gazellenaugen... Der Weise bewundert deine Schwanengestalt... Er bewundert dein Herz, das Herz einer von Liebe entbrannten Leyla... Eine Feuertenne dazu... Für alles auf der Welt gibt es eine Lösung, doch diese Liebe hat keine. Der Weise bewundert deine Trostlosigkeit. Für dich ist es besser so... Der Weise bewundert auch deine Hoffnungslosigkeit.«

»Ich weiß«, seufzte Gülbahar aus tiefster Seele, »daß es für mich so besser ist. Ich weiß, daß mein Vater früher oder später euch beiden den Kopf abschlagen läßt. Es dauert nicht mehr lange, Weiser. Bald ist es soweit, und man wird euch den Kopf abschlagen; ich werde dann zu euren Gräbern gehen und meinem Leben dort ebenfalls ein Ende machen. Alles hängt von dir ab, Weiser, so hilf uns doch!«

Der Weise sagte nichts mehr. Gülbahar sprach weiter, ohne zu wissen, was sie redete. Der Weise erstarrte zu Stein, gab keinen Laut mehr von sich.

Als Gülbahar sich zum Gehen anschickte, klammerte sich der Weise regelrecht an seiner Flöte fest. Er spielte darauf bis zum nächsten Morgen.

Gülbahar blickte vom Fenster aus in die Nacht. Noch einmal sah sie zu Hüsos Schmiede hinüber. In der Ferne bebten die Höhen des Ararat von innen heraus, der riesige Berg holte Luft, er zitterte.

Aus Hüsos Tür strömte noch immer ein Funkenregen hinaus in die Nacht. Vereinzelte Schläge eines Hammers vermischten sich mit den Atemzügen des Berges.

Gülbahar hielt es dort nicht lange. Mit ihrem ganzen Körper, ihrem Kopf, ihren Gefühlen suchte sie nach einem Ausweg. Sogar von dem fliegenden Vogel, der dahinkriechenden Schlange erhoffte sie sich Hilfe. Was sie auch tat, alles war verkehrt. Vor lauter Aufregung lief sie ziellos im Palast hin und her. Von einem Augenblick zum andern schoß ihr dann aber ein Gedanke durch den Kopf.

»Dieser Hüso ist ein Feueranbeter! Ein Magier! Ein guter Mensch dazu. Vielleicht findet er einen Ausweg aus dieser Bedrängnis«, dachte sie.

Auf der Stelle eilte sie hinaus und schlug den Weg zur Eisenschmiede ein. Durch den Funkenregen hindurch stürzte sie sich hinein. Drinnen schlug ihr die Wärme entgegen, und von der Taille an aufwärts war Hüso nackt. Es verwunderte ihn gar nicht, Gülbahar zu sehen. Seine Hand hielt den Blasebalg. Während sich dieser hob und senkte, schaute er sie nur beiläufig an, so als habe er schon lange auf sie gewartet. Zumindest hatte man diesen Eindruck, wenn man sein Gesicht ansah. Er hörte nicht auf, den Blasebalg zu treiben. Eine Zeitlang schaute er auf das Eisen im Feuer. Er zog es blutrot aus dem Ofen und schlug mit dem Vorschlaghammer darauf ein, daß es Funken sprühte, die die ganze Schmiede erfüllten.

Erst geraume Zeit später ging ein Lächeln über seine Lippen: »Willkommen, Gülbahar, mein Mädchen!«

Gülbahar freute sich.

Seine Stimme klang kräftig, freundschaftlich, ermutigend. Gülbahar erzählte ihm zuerst die Geschichte des Schimmels, so wie sie sich abgespielt hatte.

Hüso antwortete: »Ich weiß schon.«

Darauf beschrieb Gülbahar ihm ihre leidenschaftliche Liebe zu Ahmet. Hüso bestätigte weder, daß er etwas davon wußte, noch zeigte er sich überrascht. Er versank in Gedanken.

»Nächste Woche wird mein Vater ihnen den Kopf abschlagen. Gibt es gar keinen Ausweg?«

Hüso gab keine Antwort. Immerfort dachte er nach. Die Glut im Ofen färbte sich allmählich schwarz, das Eisen erkaltete, wurde wie Eis. Hüso rührte sich nicht vom Fleck.

Als die Hähne krähten, hob er endlich den Kopf.

»Komm doch morgen nacht zu mir... Vielleicht finden wir einen Weg, vielleicht auch einen Ausweg!«

Er raubte Gülbahar wenigstens nicht ganz die Hoffnung.

Die Sonne sah aus, als ob sie an der Wand des Ararat klebte. Rot, kalt... Vom Berg herab wehte ein Wind, kühl und lind... Ein Wind, der knisterte.

Für Gülbahar schien der Abend ewig nicht kommen zu wollen. Sie saß an einem Fenster des Palastes, das auf die Eisenschmiede hinausging, schaute unverwandt, ohne mit der Wimper zu zucken, hinüber und wartete, daß aus einer Magie Wirklichkeit werde.

Aus der Tür der Schmiede stob ein weißer Vogel davon, fast wie ein Ball sah er aus, danach noch ein Ball, noch einer und noch einer. Ein über und über weißer Himmel lachte über dem Palast. Mit einemmal öffneten sich all seine Tore, und Ahmet und Gülbahar fanden sich Hand in Hand wieder am Küp-See auf dem Ararat, mitten unter riesigen Adlern. Ihre Blicke trafen sich, sie lachten. Was hatte Gülbahar sich nicht alles bis zum Sonnenuntergang vorgestellt, welche magischen Zauberkräfte in der Schmiede walten sehen! Wie viele Male hatte sie sich im Lied vom Zorn des Ararat nicht in der Rolle des Mädchens gesehen, war überglücklich dabei gewesen!

Und als der Tag sich neigte, war sie erschöpft, ihre Kraft verbraucht. Sie sah sich außerstande, sich von der Stelle zu rühren. Als die Mitternachtshähne krähten, verspürte sie eine bleierne Müdigkeit in den Gliedern.

Schließlich ging sie, sich an der Mauer entlangtastend, zu Hüso hinüber, und ihr Herz flatterte wie das eines Vogels.

Hüso bemerkte, daß das Mädchen mehr tot als lebendig war. O weh! dachte er. Ich wußte nicht, daß es so schlimm war. An einem einzigen Tag nur ist sie dahingeschmolzen.

Auch Hüso hatte sich den Kopf zerbrochen, aber keinen Ausweg gefunden. Doch blickte Gülbahar ihn mit Augen an, die es ihm unmöglich machten, ihr dies einzugestehen...

»Meine Tochter, ich werde einen Weg finden, den Schimmel herzuschaffen, bevor man ihnen den Kopf abschlägt. Nur mußt du zu dem Scheich der Karawanen da drunten im Dorf auf dem Karawanenweg gehen. Such ihn auf!«

»Ich kenne den Scheich der Karawanen, doch ich weiß auch, daß er niemanden empfängt.«

Der Scheich der Karawanen war steinalt. Sein langer weißer Bart glänzte immer wie Schnee unter der Sonne. Tag und Nacht saß er auf einer großen, dikken, haarigen Bärenhaut. In sich zusammengefallen war er gerade noch so groß wie ein Klumpen Erde.

Eine riesige Eiche stand vor seinem Haus. Auch sie war heilig, heilig wie der Scheich der Karawanen, vielleicht sogar noch heiliger als er selbst. Zahllos waren die Geschichten, die über die Wundertaten des Baumes und des Scheichs der Karawanen von Mund zu Mund liefen.

Unweit von hier führte der große Karawanenweg vorüber. All die Wege, die aus Arabien, Trapezunt, aus ganz Anatolien kamen, trafen sich genau an diesem Punkt, um dann weiterzulaufen in den Iran und Turan, nach Indien, China und darüber hinaus. Jeder Karawanenhalter, der auf diesem Weg vorüberzog, wer er auch sein, aus welcher Nationalität er auch stammen mochte, hinterließ unter dieser Eiche mehr oder weniger viel Münzen, je nachdem wieviel er besaß. An diese Münzen, die Karawanenhalter dort hinterlegten, rührte niemand einen Finger. Das Häufchen unter der Eiche wuchs allmählich in die Höhe. An Festtagen verteilte es der Scheich dann an die Armen. Kein Karawanenhalter ging seines Weges, ohne unter der Eiche des Scheichs einige Münzen zurückzulassen. Von jenen, die es dennoch wagten, vorüberzuziehen, ohne ihren Tribut zu zollen, erzählt man sich schreckliche Geschichten mit tragischem Ausgang.

Und jede Nacht stellte sich über der Eiche der Morgenstern ein und glitt auf seiner glänzenden Bahn darüber hinweg, bis daß der Tag anbrach. Karawanen, die sich verirrt hatten, zeigte er den Weg, und in Not geratenen Karawanenhaltern eilte er zu Hilfe.

»Richte ihm aus, daß ich dich zu ihm schicke, ja?« sagte Hüso.

Gülbahar brach auf, legte die Stirn einmal auf die Eiche und dann auf die Schwelle am Haus des Scheichs und überbrachte dem Scheich Hüsos Grüße, worauf dieser sie bei sich empfing.

Die blauen Augen des Scheichs funkelten wie Sterne. Der Scheich glich einer glasklaren, hellen, ungetrübten Quelle. Sie bezeugte ihm ihre Ehrerbietung und küßte ihn dreimal auf die Schulter.

»Ich bin eine Karawanenhalterin, mein Scheich«, begann sie, »die sich auf den Bergen verirrt hat und an deine Tür kam. Ich habe den Weg verloren. Ich bin eine Karawanenhalterin, die auf dem Gipfel des Ararat in einen Sturm geraten ist; wenn du uns nicht beistehst, werden wir alle zugrunde gehen. Ich bin ein halbtoter Vogel, der sich auf der Eiche vor deinem Haus niedergelassen hat. Die Raubvögel umkreisen mich schon. Mit geschliffenen Schnäbeln, gestreckten Krallen rupfen sie mir das Herz aus.«

Der Zustand des Mädchens dauerte den Scheich sehr. Gleichzeitig bewunderte er Gülbahars Schönheit.

»Erzähl mir deinen Kummer, meine Tochter.«

Und Gülbahar schilderte auch ihm die Geschichte von Anfang bis Ende. Der Scheich grübelte, brütete vor sich hin und begrub seine Hände in seinem Bart.

Dann starrte er auf den Morgenstern, der über seinem Haus stand, glitzernd wie ein Getümmel blauer Funken. Er war so tief, so endlos in Gedanken versunken, daß der vor ihm knienden Gülbahar allmählich die Glieder einschliefen.

»Nun geh, meine Tochter«, sprach er endlich. »Bevor man Ahmet den Kopf abschlägt, bevor man dem Weisen und Musa Bey den Kopf abschlägt, wird etwas geschehen... Die eine Hälfte des Sterns liegt im Dunkel, die andere im Licht. Nun geh, meine Tochter. Es liegt mir am Herzen, daß dein Wunsch in Erfüllung geht. Geh und berichte es so dem Schmied. Für den Schimmel wird man einen Ausweg finden. Geh hin und bestelle ihm, er möchte hierherkommen.«

Gülbahar machte sich wieder auf den Weg; ihr schwindelte. Das Fünkchen Hoffnung in ihr war aufs neue angefacht. Sie lief zum Palast zurück und wartete ab. Doch es fiel ihr unendlich schwer. Sie vertraute sehr wohl dem Scheich, dem Schmied, der Eiche und dem Morgenstern, doch schwoll der Zorn ihres Vaters an, wuchs mit jedem Tag, der der Stunde näherrückte, in der sie enthauptet werden sollten. Niemand wagte, ihm zu nahe zu kommen. Er wechselte mit niemandem auch nur ein Wort. Ganz mit sich allein im Palast geriet er vor Zorn außer sich, brummte ständig etwas vor sich hin. Er sah blaß aus, seine Wangen waren eingefallen, der Rücken hatte sich gebeugt. Etwas, von dem er selbst nicht wußte, was es war, nagte an ihm, versetzte ihn in diesen unbeschreiblichen Zustand, beraubte ihn seiner Würde.

Gülbahar fürchtete sich neuerdings, zum Kerker zu gehen. Memo behandelte sie mit so außerordentlicher, unendlicher Nachsicht, wie man eine Verwahrloste, Kranke, Hoffnungslose behandelt, daß er damit ihre ganze Würde mit Füßen trat. Aus allem, was Memo tat, ließ sich das Verhalten eines Heiligen ablesen, der diese Welt und sein Leben schon aufgegeben hatte. In seinen Augen lag ein so sorgenschwerer, verzweifelter, tiefer, von Liebe erglühter Ausdruck, wie man ihn noch nie an einem Menschen wahrgenommen hatte. Ein Blick, der, wie man sagt, Stein und Bein durchbohrt und bis in das Herz des Menschen vordringt. All die Sorgen, die Liebe dieser Welt hatten sich in den Augen dieses Mannes gesammelt, des Mannes mit dem Heiligengesicht. Seit jener Nacht war Gülbahar oft in Gedanken bei ihm. Er tat alles, was sie wollte, wie unter einem Zauber und unter Einsatz seines Lebens. Und sogar mit dem Gefühl grenzenlosen Glücks, grenzenloser Freude. Gülbahar kam es vor, als würde er vor Freude außer Rand und Band geraten, hätte sie ihn darum gebeten, für sie sein Leben zu opfern. War Memo verliebt? Brannte er vor Liebe? Aber hätte er dann, wenn dem so war, so freudig ihr Treffen mit Ahmet zustandegebracht? Mit der größten Freude der Welt, einer Freude, die ihm förmlich aus allen Poren drang. Ihre allergrößte Sorge…

Memo, Memo, Memo, unser Bruder, deine Güte, deine Freundschaft werde ich mein Lebtag nicht vergessen. Ich werde dich bis zu dem Tag nicht vergessen, an dem die Seele diesen Körper verläßt.

Und Gülbahar strich wieder in der Nähe der Kerkertür herum, achtete aber darauf, daß Memo sie nicht zu Gesicht bekam.

Es war Nacht, und aus der Tür der Eisenschmiede jagten Funkenbälle nach draußen ins Dunkel. In der hellen, frostklaren Nacht des Ararat spannten sich kleine und große Sterne über den Himmel. Stille weit und breit. Kein Lüftchen regte sich. Gülbahar durchwachte die Nacht schlaflos vor dem Fenster. Als der Tag heraufdämmerte, überkam sie ein Gefühl der Freude. Vor der Eisenschmiede stand ein gesatteltes

Pferd. Bald darauf kam der Schmied heraus, bestieg das Pferd und galoppierte hinüber zum Berg. Zweifellos würde er den Schimmel zurückbringen. Es sprach sich in der Umgebung herum, daß Hüso mit dem Siegel des Karawanenscheichs zu den Bergbewohnern unterwegs war, um den Schimmel zu holen. War das eine Freude für den ganzen Ararat! Es schien ausgeschlossen, daß ein Mann wie Hüso den Bergbewohnern das Siegel des Karawanenscheichs überbrachte und dann doch mit leeren Händen zurückkehren sollte. In dieser Gegend gab es niemanden, der gegen das Siegel aufbegehrt, es nicht mit der Stirn berührt hätte. Die kurdischen Beys und Musa Beys Vater, die die Nachricht vernommen hatten, trafen sich in Begleitung ihrer Reiter, die auf dem Leib Ziegenfelle, auf dem Kopf Filzmützen trugen, in dem Marktflekken Beyazit. Alle waren freudig gestimmt. Nur den Grund für all das, was geschah, konnte keiner herausbekommen. Wie konnte man es sich erklären, daß sich der große Karawanenscheich in diese Angelegenheit eingemischt hatte? Woher hatte er erfahren, daß wegen eines Schimmels drei Menschen ihr Leben lassen sollten? Mit dieser Welt und ihren Geschäften hatte der Karawanenscheich doch gar nichts zu tun. Es waren nur noch drei Tage, bis ihnen die Stunde schlug. Und wenn Hüso der Schmied bis dahin nicht zurückkam? Dieser Gedanke trübte ihre Freude ein wenig, bedrückte sie.

Die Nachricht erreichte schließlich auch Mahmut Khan. Er glühte vor Zorn. Er ließ sich sogar zu beleidigenden, unbesonnenen Bemerkungen über den Karawanenscheich hinreißen. Wie lange war es noch bis Samstag? Zudem würden die Bergbewohner den Schimmel ja doch nicht herausrücken. Selbst wenn der Karawanenscheich sie höchstpersönlich aufsuchte, würden diese verwilderten Wölfe das nicht tun. Und falls doch... Ja, falls doch... Mahmut Khan durchquerte den Saal seines Palastes mit den bunten Marmorsäulen und raste:

»Falls doch, falls aber doch... Falls sie doch den Schimmel bringen und an mein Tor binden, lasse ich ihnen trotzdem am Samstag am Burgturm die Köpfe abschlagen. Und ihre Leichen werde ich den Hunden zum Fraß hinwerfen... Wegen eines Schimmels gegen die Osmanen rebellieren! In der Morgendämmerung wird ihr Blut fließen. Auch das Blut dieses nichtsnutzigen, aufrührerischen Weisen mit seinen tausend Jahren...«

Mittlerweile brachte Hüso am Donnerstag abend den Schimmel zurück. Band ihn an das große Tor des Palastes. Eine feierliche Stimmung stieg über dem Marktflecken auf. Groß und klein warf sich in die Festkleider. Die Frauen legten ihre Stirnbänder an. Gülbahar schwelgte in Seligkeit. Ohne an Memos Verfassung zu denken, rannte sie sogleich zu Ahmet. Memos verändertes Verhalten, seine Not und Pein sah sie nicht mehr. Seine schwarzen schönen Augen lagen vor unheilbarem Kummer tief in ihren Höhlen. Memo versank in grenzenloser Einsamkeit. Er schien auf dieser öden Welt ganz allein umherzutreiben. Als er die Schlüssel, die er nur mühsam und kraftlos aus dem Gurt zog, Gülbahar reichte, war es, als ob er keine Hände mehr habe. Der Schlüssel wanderte wie von allein in die Hände des Mädchens.

Memo wankte zum Tor des Palastes hinüber. Als sein Blick auf den dort festgebundenen Schimmel fiel, besann er sich wieder ein wenig. Der Schimmel reckte den Kopf und sog die Nachtluft ein. Seit er da stand, hatte noch niemand ihn angerührt. Sein Geschirr schimmerte matt in der Nacht. Mit wildem Haß blickte Memo den Schimmel an. Fast wäre er imstande gewesen, dem Pferd mit einem Schwertstreich den Kopf vom Rumpf zu trennen. Der Gedanke ließ ihn nicht mehr los. Voll Zorn und von einer unwiderstehlichen Leidenschaft zum Töten gepackt, umkreiste er mit der Hand am Knauf seines Schwertes unablässig den Schimmel. Er war in Schweiß gebadet, naß bis auf die Knochen.

Droben im alten, leeren Wachraum in der Felswand genau über dem Kerker umarmten sich Ahmet und Gülbahar, und die Nacht fing sie ein in eine goldene Wolke der Liebe. In der Leidenschaft ihres gewaltigen Liebesstroms waren sie wie von Sinnen. Die letzte Liebe, die Liebe eines ganzen langen Lebens preßten sie in einen Augenblick, in eine Nacht unmittelbar vor dem Tod. Ihr Blut floß bis in die Adern des anderen hinein. Ein wildes Feuer vereinte ihre nackten Körper. Wären sie nicht auf der Schwelle des Todes gestanden, hätten sie sich kaum so vereint, nicht in solch lohendem Feuer.

Gegen Morgen fand Memo sie noch immer im alten Wachraum oberhalb der Bergwand. Sie waren in Ahmets großen Überwurf aus Rehhaut gewickelt und sahen, ineinander ruhend, aus wie ein einziger Körper. Das matte Licht der Dämmerung fiel auf sie herab. Memo hielt das blanke Schwert in der Hand; vor Wut hatte er sich die Lippen zerbissen, die Barthaare ausgerupft; Blut floß über sein Gesicht.

Im Licht der Morgendämmerung strahlte Gülbahars Gesicht wie das eines Kindes. Memo starrte mit Bewunderung auf dieses Gesicht vor ihm. Sein Zorn legte sich. Er steckte sein langes Schwert wieder in die Scheide und lief weg. Es zog ihn erneut zum Schimmel hin. Abermals flammte sein Zorn auf. Er rannte in einem fort um das Pferd herum, der Schweiß brach ihm aus allen Poren, und er zückte aufs neue sein Schwert. Wie toll stürzte er mit dem Schwert in der Hand hinab zum Fuß der Bergwand unter dem Palast und dann wieder hoch. Alle Tore aufreißen – alle im Palast über die Klinge springen lassen... Alles, was kreucht und fleucht... Seine Füße trugen ihn wieder zum Kerker hinüber. Wieder stand er mit dem Schwert in der Hand vor der Tür des alten Wachraums. Gülbahars Gesicht leuchtete nun noch heller. Ihre Lippen öffneten sich langsam und gaben ihre weißblitzenden Zähne frei, Zähne wie die eines Kindes. Die Grübchen in ihren Wangen erschienen noch schöner, ihre Haare breiteten sich quer über Ahmets Gesicht aus. Er hätte stehenbleiben und sie ein Leben, tausend Jahre lang, so betrachten mögen, ohne davon genug zu bekommen. Der Tag dämmerte herauf. Nun würden sie sicher aufwachen. Während seine Augen voll Bewunderung auf Gülbahar ruhten, schämte er sich seiner nächtlichen Gedanken. Je mehr er sie betrachtete, desto länger verweilte sein Blick, als würde er sie niemals im Leben wieder sehen, und er prägte ihr Bild, ihre Erscheinung, tief in seine Pupillen ein, als dürfte es nie und nimmer verlorengehen.

Als Memo seine Ruhe wieder zurückgewonnen hatte, schämte er sich so in die Seele hinein, daß er wieder das Weite suchte, zum Schimmel zurücklief und abermals in der Gegend herumzutoben begann. Zwischendurch kehrte er einige Male zum Wachraum zurück und bewunderte das Gesicht der schlafenden Gülbahar, das immer heller und schöner wurde.

Endlich erwachte Gülbahar, sah den Mann, der mit dem Schwert in der Hand auf sie zukam, erkannte Memo und seine Absicht und schmiegte sich noch ein wenig fester an Ahmet. Gut, dann sollte es eben so enden. Auch Ahmet nahm den Mann mit dem Schwert in der Hand wahr, machte jedoch keine Bewegung, sondern rückte nur noch etwas näher an Gülbahar heran. Auch er war der Meinung, daß es gut so war. Dies alles hatte sowieso keine Zukunft.

Sie wagten nicht zu atmen und warteten im Dämmerlicht auf das Schwert, das hell wie ein Tropfen Wasser über ihnen hing und über sie niedersausen würde. Mit voller Kraft schwang Memo das Schwert dreimal über die Liebenden hinweg. Er brachte es jedoch nicht übers Herz, es auf sie hinabzuschleudern. Er sah, daß sie ihn erblickt und in Erwartung des Todes sich noch fester aneinandergedrängt hatten. Seine Schritte führten ihn erneut zum Tor des Palastes, zum Schimmel, und wieder zog er sein Schwert. Gerade eben fand die Wachablösung statt. Ganz außer sich jagte er mit unvorstellbarer Geschwindigkeit, immer das Schwert in der Hand, vom Schimmel zum Kerker und vom Kerker zum Schimmel zurück. Sein großes Schwert versprühte Funkenblitze, reine Funkenblitze.

Schließlich schleuderte er es gegen den blauen Granit des Kerkers, so daß das Klirren durch den ganzen Palast, durch ganz Beyazit hallte. Das Schwert zerbarst in tausend Stücke, von denen jedes in eine andere Ecke flog.

Er tauchte wieder vor dem alten Wachraum auf und betrachtete sie mit noch mehr Bewunderung im Blick. Endlich, endlich beruhigte er sich und nahm wieder die gewohnte Haltung eines Heiligen an.

»Es ist schon Tag, was schlaft ihr noch!« mahnte er mit müder Stimme. Sie preßten sich aneinander und erwarteten das kommende Unheil.

»Es ist schon Tag, steht auf jetzt, man wird euch sehen... Beeilt euch!« sagte er und ging.

Und die Liebenden schlüpften wieder unter der goldenen Wolke der Liebe hervor. Gülbahar lief zum Tor des Palastes. Friedlich stand der Schimmel da. Das Silber und Gold seines Geschirrs glänzte im ersten Tageslicht in ganzer Pracht. In den anbrechenden Tag hinein reckte und streckte sich Gülbahar im Gefühl vollkommenen Glücks.

Der Schimmel war also gekommen, nun würde Ahmet gehen. Nie würde sie ihn wiedersehen, und diese so kurze Liebe würde das Glück eines ganzen Lebens ausmachen. Ein ganzes Leben lang würde sie immer und immer wieder an die Freuden dieser Nacht zurückdenken. »Gedankt sei der aufgehenden Sonne, dem glänzenden Berg, gedankt sei dem Schöpfer! Auch soviel reicht für ein Leben. Dank dafür...«

Der Tag zog herauf und stieg himmelan so hoch wie ein Minarett. Die kurdischen Beys mit ihren groben, langen Schwertern an der Hüfte kamen freudig erregt, gewichtigen Schrittes, erhobenen Hauptes in den Palast gelaufen, einzeln oder zu zweit. Jeder Ankömmling machte zuerst eine Runde um das Pferd am Tor des Palastes, um es sorgfältig zu begutachten, bevor er sich respektvoll wieder von ihm entfernte und den Palast betrat.

Aus dem großen Ratssaal mit seinen vielen Säulen dröhnte ihnen ein Gebrüll entgegen. Mahmut Khan, kreidebleich im Gesicht, bebte vor Zorn.

»Dieser Schimmel gehört nicht mir!« schrie er. »Bei allem schuldigen Respekt dem Scheich gegenüber, aber dies ist nicht mein Pferd! Am Samstag im ersten Morgengrauen werden ihre Köpfe rollen!«

»Dieser Schimmel ist aber doch deiner, ich kenne ihn«, widersprach Mustafa Bey, Bey des Zilan-Stammes, was jedoch schon ausreichte, daß der Pascha die Beherrschung verlor.

»Bey, Bey, du, laß dir das bloß gesagt sein, oder gehörst auch du zu denen? Du auch?«

Die übrigen Beys mischten sich ein: »Pascha, er wollte eigentlich etwas anderes sagen, du hast ihn nur falsch verstanden!«

»Ich, ich soll ihn falsch verstanden haben? Was soll das heißen? Ich soll ihn falsch verstanden haben?«

»Gott bewahre, Pascha! Vielleicht haben wir es

falsch ausgedrückt! Wie könntest du je etwas falsch verstehen!«

Danach verstummten die Beys, sagten nichts mehr. All ihre Freude war im Keim erstickt.

»Jawohl, meine Beys, am Samstag im ersten Morgenlicht werden am Burgturm vor den Augen aller osmanischen Untertanen die Köpfe der Diebe rollen, die meinen Schimmel gestohlen und nicht wieder zurückgebracht haben. Sogleich will ich Herolde auf den Markt schicken, die es allen verkünden.«

Die kurdischen Beys gingen verbittert, mit verschränkten Armen, den Wunsch nach Revolte im Herzen, aus dem Palast. Noch einmal liefen sie um das Pferd herum, prüften es ausgiebig.

»Und es ist doch sein Schimmel«, erklärten sie, »bei Allah, er gehört ihm. Es ist sein Zeichen.«

»Aus welchem Grund nur hat sich der Pascha über diese drei Männer geärgert? Weshalb will er ihnen den Kopf abschlagen?«

Dann meinten sie: »So soll er es eben tun! Die Vergeltung wird nicht bis zum Jüngsten Tag auf sich warten lassen!«

»Nein, sie wird nicht auf sich warten lassen!« brüllten sie wie aus einem Mund.

Die Nachricht verbreitete sich alsbald in der Stadt. Die Herolde waren bis zum Markt gekommen und verkündeten die Namen und Vergehen der Männer, die zur Strecke gebracht werden sollten.

Hüso, den Eisenschmied, packte der Zorn so unbändig, daß er mit dem Hammer in der Hand wütend zum Tor des Palastes eilte, wo er aus Leibeskräften schrie: »Tyrannei ist das, Pascha! Blanke Tyrannei! Sie wird sich nicht mehr lange am Leben halten! Nicht lange! Dieser Schimmel gehört dir, Pascha! Du bist ihn gar nicht wert, aber er gehört dir. So wahr ich hier stehe. Ich habe ihn selbst gebracht, Pascha. Es ist deiner!«

Dann machte er sich daran, das Pferd vom Ring des Palasttors, an dem es festgebunden war, zu lösen und ließ es frei.

»Du bist das Pferd nicht wert, Pascha! Du bist unsere Menschlichkeit nicht wert... Du, du bist überhaupt nichts wert...«

Der Schimmel, herrenlos, trabte geradewegs mitten nach Beyazit hinein und wanderte von Haus zu Haus, von Laden zu Laden. Er langte schließlich am Marktplatz an, reckte den Kopf hoch, witterte lange mit aufgeblähten Nüstern die Luft und wieherte dann aus vollem Hals, so daß Himmel und Erde erzitterten. Der Ararat warf das Echo zurück. Das Pferd hob den Schwanz und bäumte sich mehrmals auf, als wollte es davonfliegen. Danach galoppierte es den Berg hinan und zog wie ein Stern auf seiner Bahn quer über den Hang hinweg.

Alle, die das Pferd hatten wiehern hören, orakelten: »Mit diesem Pascha wird es noch ein schlimmes Ende nehmen!«

Die Henker schliffen ihre großen, schweren Krummschwerter und trafen Vorbereitungen für den kommenden Morgen.

Gülbahar war wie vom Wahn befallen, nirgends hielt es sie. Sie verbrachte den Tag damit, daß sie im Palast umherwandelte wie eine Tote. Sobald es Abend wurde und die Nacht sich herniedersenkte, führten ihre Schritte sie hinüber zum Eisenschmied.

»Was können wir noch dagegen tun, meine Tochter!« empfing Hüso sie. »Wir haben alle Möglichkeiten ausgeschöpft. Wir können nichts mehr tun. Auch der Scheich kann nichts ausrichten. Auch ich konnte es nicht. Das war Schicksal, was können wir dagegen unternehmen?«

Gülbahar weinte still vor sich hin, die Tränen rannen ihr über das Gesicht. »Ich werde ihm Gift geben...«, fuhr es ihr durch den Kopf. »Das Gift der braunen Schlange des Ararat... Ich werde ihm ein Gift geben, das ihn tötet, im Handumdrehen, bevor man aus der Sonne in den Schatten springt. Ich werde ihn nicht am Leben lassen.«

Ihre Füße trugen sie zurück in den Palast, wo sie Yusuf suchte und schließlich auch fand. Konnte er etwas tun? Er redete nicht einmal ein Wort mit ihr. Blickte sie nur hart und feindselig an, daß Gülbahar wie vom Schlag getroffen stehenblieb. Sie ging zum Hofmeister des Palastes. Ihn schätzte ihr Vater sehr, richtete sich nach seinem Rat. Doch auch Ismail Aga wütete vor Zorn. Also beschloß sie, ihre Mutter anzuflehen. Aber auch ihr konnte sie sich nicht nähern. Alles im Palast, jeder, aber auch jeder, die Wände, Marmorsäulen, die kurdischen Teppiche auf dem Boden, selbst ihre über alles geliebten, weißen großen Van-Katzen mit den zweifarbenen Augen – eines blau, das andere goldgelb – benahmen sich feindselig ihr gegenüber. Blickten sie wie eine Feindin an. Sie hob die Katze mit den blau und golden funkelnden Augen, die sie auf ihrem Schoß, in ihrem Bett aufgezogen hatte, hoch und klagte mit tränenerstickter Stimme:

»Meine Katze, meine weiße Katze, meine Goldäugige, dir will ich meine Sorgen erzählen, du mußt sie doch verstehen. Meinen Ahmet werden sie töten, meinen Ahmet, den ich einmal gefunden habe und bald wieder verliere. Er, der Adler des hohen Berges, war meine Herzensliebe.«

So sprach sie eine ganze Weile, ohne ein Ende zu finden. Die Katze lag dabei wie ein schnurrender Ball auf ihrem Schoß. Allmählich umfing sie eine tiefe Finsternis, und angesichts der Mauer von Hoffnungslosigkeit, von der sie sich umstellt sah, zitterte und zuckte sie.

»Morgen früh, meine Katze, werden sie Ahmet den Kopf abschlagen. Sie werden ihn umbringen, hörst du? Mein Herz brennt. Auch ich werde meinem Leben ein Ende machen, meine Katze.« Mit der Katze auf dem Arm schlich sie wie eine Nachtwandlerin zur Tür des Kerkers. Die Katze fühlte sich warm an und schnurrte immer stärker.

Die Kerkertür war kalt. Memo, der Kerkermeister, saß auf sein Schwert gestützt da, eingehüllt in seinen bis zu den Knien herabreichenden Überwurf aus Hirschhaut. Sein längliches, schönes Gesicht, seine schwarzen Augen, der krause, ebenholzschwarze Bart waren von Kummer umwölkt.

»Morgen früh in der Dämmerung, wenn man ihm den Kopf abgeschlagen hat, werde ich mich die Bergwand hinunter auf seinen Leichnam stürzen!«

Sie war außer sich. Merkte nicht, daß Memo ihre Worte mitgehört hatte.

»Memo, Memo, du hast mir so viel Gutes getan. Laß mich noch einmal mit ihm zusammensein!«

Dann sprach sie mit gebrochener, erstickter Stimme, ohne zu wissen, was sie sagte: »Laß ihn frei, Memo. Laß ihn gehen. Bedeute ich dir gar nichts mehr, Memo?«

Sie ließ die Katze los und umklammerte Memos Hände. Memo war wie verzaubert.

»Memo, du hast ein großes Schwert in der Hand. Du hast schwarze Augen, Augen wie Flammen, Finger wie aus Eisen, kräftige Arme, einen langen Hals, Memo, Memo, mein Verwandter… Wozu haben sie dir bisher genützt außer im Gefängnis Wache zu halten und Paschas zufriedenzustellen? Außer dazu, Köpfe von Menschen abzuschlagen? Memo, Memo, Memo! Laß Ahmet frei, ich gebe dir alles, was du willst!«

Memo stöhnte aus tiefster Seele, daß Gülbahar zusammenfuhr und aus ihrem nachtwandlerischen Zustand erwachte.

»Du gibst mir alles, was ich will?«

»Ja, ich gebe dir alles, was du willst, Memo. Memo, mein Tapferer! Memo, mein Bruder...«

Memo vergewisserte sich noch einmal: »Du gibst mir alles, was ich will?«

»Wünsch dir meine Seele, Memo, auch sie gebe ich dir«, antwortete Gülbahar mit unüberwindlicher Angst und Neugier in der Stimme.

Sie wiederholte: »Ich gebe dir alles, was du willst, Memo. Alles, was du willst... Wenn nur Ahmet freikommt.«

Memo schwieg. Vor sich hinstarrend stand er wie versteinert da. Sein Gesicht leuchtete im Schein der Öllampe vor Glück. Dann lächelte er. Er streckte seine Hand aus und strich Gülbahar übers Haar, ohne es aber zu wagen, sie anzurühren. Gülbahar war neugierig, was er sich wünschen würde, und wartete mit angespanntem Körper, angespannten Gedanken auf seinen Wunsch.

Memo fragte mit veränderter Stimme, lachend, glücklich, überschäumend vor Glück, mit der Ruhe, Freude und Behaglichkeit eines Menschen, dem alle Wünsche auf Erden in Erfüllung gegangen waren: »Du gibst mir alles, was ich will?«

»Ich gebe dir alles«, erwiderte Gülbahar mit fester, überzeugender, vertrauenerweckender Stimme, »ja, ich gebe dir alles!«

»Ich will ein paar von deinen Haaren«, sagte Memo.

Gülbahar nahm sofort, ohne zu überlegen, einen ihrer Zöpfe und hielt ihn Memo hin: »Nimm dein Schwert und schneide ihn ab«, sprach sie, »Gülbahar steht dir zu Diensten.«

Memo zog sein Schwert, schnitt von ihrem Zopf ein Stück ab, nahm es und legte es auf sein Herz.

»Ich will noch etwas«, sagte er.

Gülbahar antwortete ohne zu zögern: »So sag schon, Gülbahar steht dir zu Diensten.«

»Ich will, daß Gülbahar bis an ihr Lebensende all das, diese Nacht und mich in Erinnerung behält.«

Gülbahar umklammerte seine Hände. Er machte sich los und ging in den Kerker.

»Ahmet, Musa Bey, Weiser, wacht auf!«

Sie hatten gar nicht geschlafen. Sie standen auf, und Memo löste ihre Ketten.

»Ihr werdet da unten durch jene Tür hinausgehen. Bis Tagesanbruch habt ihr Zeit. Bis dahin müßt ihr fliehen und euch retten!«

Ahmet sah Gülbahar an der Tür. Er umarmte sie. Gülbahar drängte: »Schnell, schnell, beeilt euch, bis zum Morgengrauen bleibt nicht viel Zeit. Die Wachen werden euch erwischen!«

Memo setzte sie auf freien Fuß, und alle verließen durch die untere Tür den Kerker.

Sobald sie gegangen waren, verschwand auch Memo. Gülbahar suchte lange nach ihm, fand ihn aber nicht.

Der Tag erwachte. Die Sonnenstrahlen, blaß, sorgenschwer, siegessicher, siegtrunken, wanderten vom Hang des Ararat über den Marktflecken Beyazit bis hinauf zum Beyazit-Palast.

Die Henker kamen zum Kerker gelaufen und riefen Memo: »Mach die Tür auf, Memo, bereite die Männer vor, die geköpft werden!«

Als wäre nichts geschehen, erwiderte Memo gelassen, ja lachend: »Ich habe sie heute nacht freigelassen.«

Die Henker betraten ungläubig den Kerker, und was sahen sie da? Keiner der Männer, die geköpft werden sollten, war mehr da. Unverzüglich eilten sie zum Pascha und berichteten ihm, was vorgefallen war. Der Pascha legte die Hand an den Knauf seines Schwertes und lief schnurstracks zum Kerker. Alle, die um ihn herumstanden, auch Ismail Aga, seine Leute, seine Majore, legten ebenfalls ihre Hand an den Schwertknauf und marschierten Richtung Kerker; vorneweg der Pascha, ihm auf den Fersen alle anderen. Sie trafen Memo allein, mit dem blanken Schwert in der Hand, an.

»Ich habe sie heute nacht freigelassen, Pascha!« sagte Memo lachend. »Habe ich das nicht gut gemacht? Ich glaubte, daß es dir gefallen würde.«

»Du Hund!« brüllte der Pascha. »Undank ist der Welt Lohn!«

Und er fiel über Memo her. Die Männer hinter ihm taten es ihm gleich. Es gab einen harten, heftigen Kampf. Aber keiner konnte an Memo herankommen. Die schwerterschwingende Menge um Memo herum wuchs immer mehr an. Kämpfend näherte sich Memo dem Burgturm, wo an diesem Morgen und zu dieser Stunde den Männern die Köpfe abgeschlagen werden sollten.

»Pascha, Pascha!« rief er. »Ich könnte drei Tage und drei Nächte lang hier mit euch kämpfen, aber was nützt das... Ich hab mir von dieser Welt genommen, was ich nehmen konnte. Ich gehe gesättigt von hier. Was soll's, wenn ich noch ein paar Menschen töte? Ein paar von deinen Untertanen, nicht wahr? Lebt wohl, alle miteinander. Grüßt die von mir, die ich hier zurücklasse, die Freunde und auch alle anderen, ob sie mich nun mögen oder nicht!«

Er warf sich kopfüber vom Burgturm hinab. Die Bergwand fiel steil ab, in die tiefsten Tiefen. Wenn man von oben hinabsah, glich Memos Leichnam einem toten Vogel, der einen seiner Flügel ausgespreizt hält.

Hüso, der Eisenschmied, war der erste, der zu Memos Leichnam gelaufen kam, danach seine Söhne, schließlich Frauen und Kinder. Ein Wehklagen erhob sich über dem Marktflecken Beyazit.

Hüso näherte sich Memo bedächtig und küßte ihn auf die Stirn. Seine linke Hand, zur Faust geballt, lag auf seinem Herzen. Hüso nahm die Hand und öffnete sie gewaltsam mit seinen kräftigen Händen. Ein Büschel Haare leuchtete aus Memos Handfläche wie eine tiefschwarze Flamme, wie ein Licht, und glitt dann langsam auf die grünende Erde.

Yusuf hatte all die Ereignisse mit Angst und Beklemmung verfolgt. Auch er sah das Blut, das die grüne Wiese getränkt hatte. Der Schimmel hatte sich aufgebäumt. Jeder wußte, daß es der seines Vaters war. Warum nur hatte er sich geweigert, ihn anzunehmen? Ob sein Vater wohl über alles Bescheid wußte? Über Gülbahars Schliche? Wohl deswegen? Er mußte alles wissen. War es denkbar, daß er es nicht wußte? Er konnte sogar durch dicke Wände hindurchschauen und alles hören, auch was in der Ferne gesprochen wurde, oder etwa nicht? Er wußte sicher auch, was Gülbahar alles angestellt hatte. Warum hatte sich Memo das Leben genommen? Vor Angst? Hätte er nicht davonlaufen können? Aber wohin hätte er fliehen sollen? Hätte er sich nicht auf den Berg flüchten und in der Hoşap-Festung Zuflucht suchen können? Aber wohin er auch geflohen wäre, der Pascha hätte ihn doch festnehmen und häuten lassen. Einmal, Yusuf war noch ein Kind, hatte es sich zugetragen, daß ein Mann, der bis auf die zugedeckten Geschlechtsteile splitternackt war, rücklings auf einem Esel sitzend auf den Platz des Marktfleckens getrieben wurde. Den Esel führte ein Mann, dem der Eiter aus den Augen troff und die Wimpern ausgefallen waren. Einer, dem lauter Schlafkörner auf dem Gesicht prangten und dem an der Stelle, wo sonst die Wimpern sitzen, nur noch das blanke Fleisch herausschaute. Zu beiden Seiten des Esels zwei Hünen von Männern. In der Hand des einen ein großes blutverschmiertes Fleischermesser. In der des anderen ein kleiner glänzender Dolch... Er sah sie leibhaftig vor sich, als stünden sie vor ihm. Der Mann mit dem Dolch streckte die linke Hand aus, faßte das linke Ohr des Mannes, der rücklings auf dem Esel zusammengekrümmt dasaß und dessen Arme mit einem Strick aus Haar zusammengebunden waren, und schnitt es ihm mit Stumpf und Stiel ab. Danach brach er in ein Lachen aus und blickte einmal auf das Ohr, dann wieder in die Menge. Der Mann schrie und wand sich in rasendem Schmerz, so daß der Strick aus Haar ihm in die Arme einschnitt. Dort, wo einmal das Ohr gesessen hatte, quoll Blut hervor. Der Henker warf das Ohr in weitem Bogen über die Menge hinweg. Es landete mitten in einem Laden. Der Krämer war kräftig, breitschultrig, hatte einen schwarzen Vollbart und eine Adlernase. Er verfolgte mit den Augen das blutige Ohr, das da in seinen Laden geflogen kam. Starrte es entgeistert, wie vom Blitz getroffen an, ohne auch nur mit den Wimpern zu zucken.

Der Esel war in Blut gebadet. Der Mann mit dem großen, scharfen Fleischermesser zog dem nackten Mann die Haut ab. Wie man einem Schaf das Fell abzieht. Vor lauter Schreien brachte der Mann nur noch krächzende Laute hervor. Er röchelte schließlich nur noch. Eine große Menge hatte sich versammelt. Auf den Gesichtern der Menschen zeichnete sich keine Spur von Angst ab. Gegen Nachmittag brachte man den Mann zum Tor des Palastes und warf ihn auf den Steinflur dort. Das Blut floß in Strömen. Der ganze Marktfleck mit seinen Häusern, Läden und Straßen schwamm in Blut. Aus der Erde strömte das Blut.

Yusuf mußte sich übergeben, die ganze Nacht hindurch bis zum Morgen. Auch alle anderen Kinder des Marktfleckens erbrachen sich. Das Blut schäumte. Seine Mutter hatte am Kopfende seines Bettes gesessen und geweint. Sein Vater meinte: »Er wird sich daran gewöhnen. Auch du wirst dich daran gewöhnen! Auf dieser Welt hat er nicht die geringste Möglichkeit, ein anderes Leben zu führen.«

Seine Mutter weinte sich fast die Augen aus dem Kopf. Yusuf konnte sich erinnern, daß er in Ohnmacht gefallen war.

Seit jenem Tag hatte Yusuf viele Menschen gesehen, die rücklings auf einem Esel saßen. Es berührte ihn nicht mehr. Zahllose Köpfe hatte er auf der Beyazit-Burg fallen sehen... Viele hatte man auf dem Marktplatz mit Ketten geschlagen. Während all das geschah, war sein Vater stets außer sich, sein Gesicht war gespannt, die Augen glänzten, der Hals reckte sich, die Schultern wirkten noch breiter, achtunggebietend, kurz und gut – er war ein ganz anderer Mensch. In jenen Augenblicken war sein Vater Schöpfer und Zerstörer zugleich. Er war ein Gott der Angst, der mit einem Höllenlärm, mit Blitz und Donner vom Ararat herabbrauste.

Yusuf hatte große Angst vor ihm. Für ihn war er kein Vater, sondern eine Schreckensfigur.

Er konnte in jener Nacht bis zum Morgen kein Auge zutun. Je mehr ihn der Schlaf floh, desto heftiger wurde seine Angst. Bestimmt wußte sein Vater, daß Gülbahar ihm ihr Anliegen, den Schimmel zurückzuholen, anvertraut hatte, und wartete nun auf einen günstigen Zeitpunkt. Sein Vater, der keinen fürchtete, gab niemals seine Freude, seine Feindseligkeit, seinen Zorn, seine Angst preis.

Angenommen, ich würde von hier fliehen, zur Hoşap-Festung laufen, mich dem Hoşap-Bey zu Füßen werfen und zu ihm sagen, wenn du mich nicht verstecken kannst, so schick mich in die Wüste hinunter, dahin, wo diese schwarzäugigen Gazellen dahinziehen. Zu den Arabern. Aber auch der Bey fürchtet ja meinen Vater, dachte er. Vor meinem Vater fürchtet sich jeder. Der Schah des Iran, der osmanische Sultan, jeder fürchtet sich. Nur diese elende Gülbahar hat keine Angst. Auch Hüso, der Schmied, nicht. Selbst der Scheich der Karawanen hat Angst. Nur diese beiden kennen keine Furcht.

Yusuf zählte die Stunden bis zum Morgen. Wenn mein Vater einmal hört, was sich da ereignet hat und daß sein Sohn sich gegen ihn richtet und ihn davon nicht verständigt, dann muß entweder ich daran glauben oder diesem Sohn müssen als abschreckendes Beispiel mitten auf dem Marktplatz die Augen ausgestochen, die Haut abgezogen werden, so daß... Oder wenn er sagt, ich muß sterben...

Als der Tag anbrach, überwältigte Yusuf die Angst vollends. Jetzt, jetzt werden die Henker sicher kommen und meine Arme in Ketten legen, ja, jetzt... Neben der Vorratskammer lag ein kleines Zimmer. Gerade so groß, daß drei Männer stehend Platz darin fanden. Sofort eilte er dorthin. Er spitzte die Ohren... jetzt würden sie den ganzen Palast nach ihm absuchen. Sie würden in jeden Winkel des Palastes schauen, ihn aber nicht finden und daraufhin Reiter ausschicken. Es würde auf dem weiten Erdenrund von Mund zu Mund gehen, daß der Sohn des Paschas geflohen war. Vielerlei Klatsch und Tratsch...

Schaudernd blieb er, wo er war. Durch die Türritzen schimmerte etwas Licht herein. Es wurde schwächer, kleiner und verschwand in der Dunkelheit. Yusuf seufzte tief. Heute war er noch einmal glimpflich davongekommen. Auf Zehenspitzen schlich er sich aus dem Zimmer. Vor ihm liefen die Palastdiener vorüber, ohne ihn anzublicken, aber mit einem respektvollen Gruß auf den Lippen. Yusuf dachte, daß es sich dabei um eine Falle handeln mußte. Die Falle meines Vaters. Er wird mich jetzt festnehmen lassen. Jetzt...

Er hörte sein Herz bis zum Hals klopfen und eilte mit knurrendem Magen in die Küche. Der Duft eines Frühlingsabends lag in der Luft. Er roch aus der Ferne den scharfen Geruch einer Blume. Dann stieg ihm der schwere Dunst gebratenen Fleisches in die Nase. Als die Bediensteten in der Küche ihn sahen, schnellten sie alle sogleich in die Höhe. Yusuf streifte eine Weile bei ihnen umher, schämte sich aber, von ihnen etwas zu essen zu verlangen und es hier zu sich zu nehmen. Die kräftige, laute, zornige Stimme seines Vaters drang ihm vom Ratssaal her ans Ohr. Und sie brach so schlagartig ab, als hätte man sie mit dem Messer durchschnitten. Yusuf stürzte sogleich aus der Küche und rannte in den Hof des Palastes. Im Wachhäuschen stand reglos, mit zornigem Bart ein Wachtposten aufgepflanzt. Yusuf raste weiter in die Moschee des Palastes. Wie ein gehetztes Wild verschnaufte er eine Weile darin und rannte dann weiter zum Harem. Er mußte unbedingt seiner Mutter sein Herz ausschütten. Er starb fast vor Hunger, brauchte dringend etwas zu essen.

Als seine Mutter ihn sah, fuhr ihr ein Schreck durch die Glieder.

»Yusuf, was ist mit dir?« rief sie. »Bist du krank?«

»Ja, ich bin krank«, stöhnte Yusuf und warf sich aufs Bett. Er glühte vor Fieber. Yusuf fiel in Ohnmacht und phantasierte im Fieber drei Tage und drei Nächte lang. Ärzte wurden gerufen. Sie gaben ihm Arznei. Seine geballten Fäuste wollten sich nicht öffnen. Am Ende des dritten Tages machte Yusuf die Augen auf, die Spannung in seinen Händen löste sich, und die Finger lösten sich. Schließlich stand er auf. Er glich einer scheuen Gazelle. Bis zum Abend trieb es ihn durch den Palast, bald hierhin, bald dorthin. Er sah keinen anderen Ausweg mehr, als seinen Vater aufzusuchen und ihm alles zu erzählen. Der Vater wußte ohnehin schon alles. Plötzlich fiel ihm Gülbahar ein. Sie war in der Tat sehr raffiniert. Auch sie ahnte wohl, daß der Vater alles wußte. Vielleicht hatte sie sich irgendeinen Weg zur Rettung offengehalten. Auf der Stelle begab er sich zu Gülbahars Zimmer im Harem.

Gülbahar saß da und drehte die Spindel. Aus der Spindel kam ein feines, langes Surren.

Diese Spindel brachte Yusuf aus der Fassung.

»Gülbahar!« schrie er. Seine Stimme glich einem Angstschrei.

»Was hast du, Yusuf?« fragte Gülbahar gelassen.

»Mein Vater wird uns die Augen ausstechen, die Haut abziehen. Er weiß alles.«

»Du hast es ihm wohl gesagt?«

»Nein, ich habe es ihm nicht gesagt, aber er weiß es. Er wird uns die Augen ausstechen. Das wird er tun, Gülbahar! Er wird sie uns ausstechen!«

»Wer hat es ihm dann gesagt?«

»Er weiß es, laß uns fliehen. Laß uns fliehen, ja?«

Er klammerte sich an Gülbahar, breitbeinig, mit zitterndem Kinn, stocksteif. »Er weiß es, Gülbahar! Laß uns fliehen!«

»Wohin sollen wir denn fliehen?«

»Das spielt keine Rolle! Er weiß es.«

Gülbahar setzte ihn auf das Sofa. »So warte doch«, sagte sie. »Sollen wir denn fliehen? Und wohin? So warte doch!«

»Der Vater hat dir eine Falle gestellt«, sagte Yusuf. »Er will die Karten noch nicht offen auf den Tisch legen und sagen, daß er weiß, daß du den Schimmel hast bringen lassen, daß du in die Eisenschmiede gegangen bist. Auch ich sah dich die Eisenschmiede betreten. Der Vater weiß es auch. Er weiß auch von Ahmet, er weiß alles. Er weiß jetzt auch, daß wir hier so miteinander reden. Er hat alles gesehen, alles gewußt. Wenn wir nicht fliehen, wird er uns die Augen ausstechen. Ich habe es mit meinen eigenen Ohren gehört, wie er es zu Ismail Aga sagte.«

»Was sagte er?«

»Er sagte: Ich werde sowohl die Tochter als auch den Sohn töten. Ich will nur noch warten, ob Yusuf mir alles gestehen wird, ob Gülbahar sich mir zu Füßen wirft. Auch heute werde ich noch warten... Morgen lasse ich sie festnehmen...«

Gülbahar hatte alles verstanden. Auch sie hegte seit Jahren dem Vater gegenüber solche Gefühle. Ihr Vater erweckte in jedem Menschen die Vorstellung, daß er seine Augen und Ohren überall habe. Und es war schwer, sich von diesem Gefühl zu befreien. Wie sehr man auch seinen Verstand zusammennahm, man war rettungslos verloren, sobald man einmal in die Tiefen dieses Gefühls hinabgestiegen war. Yusuf würde dem Vater alles hinterbringen, wenn nicht heute, dann morgen. Oder aber, vor Angst gleichsam erstarrt, sterben. Yusuf war gekommen, weil er außer sich war. Und weil er bis jetzt vor Angst unfähig war, zum Vater zu gehen. Gülbahar durchdachte alle Einzelheiten. Wenn Yusuf zum Vater ging, ihn über die Sache mit dem Schimmel, dem Eisenschmied aufklärte, würde alles aufgedeckt werden. Und ihr Vater würde wissen, wer die Gefangenen hatte entlaufen lassen. Er würde zudem dahinterkommen, wer Memo in den Tod geschickt hatte. Wofür hätte Memo das tun sollen? Wofür sonst hätte er sein Leben geopfert? Würde ihr Vater etwa nicht daran denken?

Yusuf wurde auf einmal blaß und steif wie ein Stock.

»Ich gehe«, sagte er, schlug die Tür zu, lief davon, gelangte zur Tür des Ratssaals und umklammerte wie wahnsinnig die Hände seines Vaters. Drei kurdische Beys waren gerade anwesend, darunter Ismail Aga, der Kommandeur der Wache, und zwei Wachtposten. Außerdem einige Derwische, die von weither gekommen waren.

»Vater, vergib mir, laß mich nicht töten, mir die Augen nicht ausstechen, tu das doch nicht! Du hast alles gesehen, du weißt alles. Vergib mir! Ich hab keinen Verrat gegen dich begangen. Vergib mir...«, flehte er. Atemlos und ohne Unterbrechung erzählte er, wie Gülbahar zu ihm gekommen war, von ihrem Vorschlag, vom Eisenschmied, von ihrem Bittgang zum Karawanenscheich, erzählte alles und woher er es wußte.

»Gülbahar ist jetzt auf der Flucht, holt sie ein, sie ist geflohen!«

Plötzlich fuhr es dem Pascha wie ein Blitz durch den Kopf. Alles klärte sich auf. Er hatte den Grund für Memos Verrat einfach nicht herausfinden können. Er konnte ihn nicht finden, weil er Memo wie einen Sohn geliebt und ihn Zorn, Kummer und Schmerz rasend gemacht hatten.

Er stand auf, breitete seine Arme wie Adlerflügel aus, und alles Blut wich ihm aus dem Gesicht. Er torkelte, machte wieder einige Schritte und wäre hingefallen, wenn er sich nicht gegen die Wand gelehnt hätte. Sein Gesicht war fahl, seine Lippen trocken und rissig. Sein Bart zitterte. Dann ließ er sich erneut auf das Sofa fallen. Legte die Hände auf die Brust.

Alle verließen den Raum, alle außer Ismail Aga. Yusuf war am Ende. Er war zusammengebrochen und lag vor dem Sofa.

Der Pascha begann zu sprechen.

»Ismail, Ismail, was kommt da auf uns zu? Mußte

unsere Ehre so übel zugerichtet werden? Mußte dieses Mädchen uns auch das noch antun? Das mit Memo, hm? Also hat diese Zauberin Memo eingefangen. Also hat dieses Mädchen meine Sippe durch den Schmutz gezogen. Hat unseren Stolz für fünf Groschen verkauft. Manches Unheil hat dieses Haus schon erlebt, aber so etwas noch nicht, Ismail! Man hat uns überrumpelt. Ismail, niemand darf erfahren, was über uns hereingebrochen ist. Ich werde sonst überall, im ganzen Osmanischen Reich in Verruf geraten. So stehen die Dinge also, Ismail! Aber eins verstehe ich nicht, Ismail. In wen hatte sich dieses Mädchen Hals über Kopf verliebt? In Ahmet? Aber was war dann mit Memo? Mit Memo? Memo?«

Mahmut Khan schloß die zweite Möglichkeit, die ihm eingefallen war, für sich und seine Tochter aus.

»Ismail«, sprach er und erhob sich. »Von dieser Sache darf keiner Wind bekommen. Wir müssen aber noch in diesem Augenblick das Mädchen auf die Seite schaffen!«

»Das geht nicht«, erwiderte Ismail. »Man wird es mit Memos Geschichte in Verbindung bringen.«

»Was machen wir dann mit diesem Mädchen, Ismail? Eine Lösung!«

»Eine Lösung?«

Eine langandauernde Stille trat ein.

Mahmut Khan begann schließlich erneut: »Wir tun so, als hätten wir nichts gehört, nichts gewußt, ja?«

»Das geht nicht«, entgegnete Ismail Aga. »Wir können sie auf keinen Fall im Palast lassen. Sie wird davonrennen. Entweder schaffen wir sie heimlich auf die Seite, oder wir werfen sie in den Kerker. In den Brunnen, in den wir Ali Bey geworfen haben...«

Der Pascha stimmte zu: »Jawohl! Nur stell an die Tür ja einen zuverlässigen Mann oder...«

»Das besorg ich schon, mein Pascha!«

Der Pascha erholte sich langsam wieder. Er erlangte wieder seine frühere Gelassenheit. Die Sache mit dem Schimmel, das Lied des Weisen, alles, alles war jetzt klar. Alles, was sich ereignet hatte, war ans Tageslicht gekommen. Gülbahars Beziehungen zu Ahmet mußten schon früh begonnen haben.

Ismail Aga verließ den Raum in Windeseile. Mit zwei weiteren Männern betrat er Gülbahars Zimmer. Nachdem Yusuf gegangen war, hatte sie schon auf Ismail Aga und die Henker gewartet. Sie war auf alles gefaßt. Ismail Aga zeigte auf Gülbahar, die kerzengerade vor ihnen stand. Die Männer nahmen sie fest. Mit Ismail Aga an der Spitze und den anderen Männern im Gefolge kamen sie zum Kerkerbrunnen. Er war leer.

Ismail Aga befahl: »Bringt diese junge Frau hinunter!« Von seinem Respekt ihr gegenüber hatte er nichts verloren.

Gülbahar ging alleine nach unten. Ismail Aga schloß eigenhändig die Tür zu und nahm den Schlüssel mit.

»Ihr zwei wartet hier an der Tür! Und wenn es euch den Kopf kostet, aber dieses Mädchen darf nicht heraus!«

Der Pascha rief seine Frau zu sich und erzählte ihr, was sich zugetragen hatte. Dann deutete er auf Yusuf, der zusammengekauert dasaß.

»Dieses Kind ist am Ende. Sein Zustand ist besorgniserregend. Pflege ihn gut. Niemand außer dir soll wissen, wo das Mädchen steckt. Wenn Yusuf zu sich kommt, schärfe ihm ein, daß er seinen Mund hält, um jeden Preis!«

Dann zog er Yusuf hoch, setzte ihn neben sich und begann, seine Haare zu streicheln. Yusuf kam langsam zu sich.

»Du bist«, lobte der Pascha, »mein tapferer Sohn;

ein Tapferer, der sich seiner Sippe würdig erweist, handelt so. So ein Mann läßt seine Ehre, seinen Stolz nicht durch den Schmutz ziehen.«

»Wirst du mich nicht töten? Wirst du mir nicht die Augen ausstechen?« fragte Yusuf verwundert, mit weit aufgerissenen, angsterfüllten Augen.

Der Pascha küßte ihn auf die Stirn. »Was redest du da, ich werde dir vielmehr wegen der Menschlichkeit, der Tapferkeit, die du an den Tag gelegt hast, eine Waffe und ein Pferd schenken nach deinem Geschmack. Was erzählst du da? Warum sollte ich dich töten?«

Yusuf weinte bitterlich.

Der Pascha zu seiner Frau gewandt: »Frau, bring das Kind weg! Es ist ganz verstört. Es hat sich wohl sehr geängstigt.«

Die Frau nahm Yusuf am Arm und verließ mit ihm den Ratssaal.

Während sie hinausgingen, trat Ismail vor den Khan.

»Die Sache ist erledigt, mein Pascha«, meldete er.

»Niemand soll etwas davon wissen, niemand etwas davon hören, Ismail Aga!«

»Jawohl, mein Pascha!«

»Jetzt ist mir leichter ums Herz, Ismail Aga! Hinter diese Sache wäre ich nicht gekommen. Ich war ganz durcheinander. Laß etwas Zeit ins Land gehen, dann werden wir auch eine Lösung für das Mädchen finden, Ismail.«

»Ja, wir können uns etwas ausdenken, mein Pascha. Das dürfte nicht schwer sein. Lassen wir nur noch etwas Zeit verstreichen, bis alles in Vergessenheit gerät.«

Trotz strenger Geheimhaltung sprach es sich bald herum, daß man Gülbahar in den Kerkerbrunnen geworfen hatte. Zuerst wollte niemand daran glauben.

Auch Hüso, der Eisenschmied, hörte davon. Auch der Karawanenscheich. Sie hatten dieses Ende vorausgesehen. Schließlich verbreitete sich die Nachricht rings um den Ararat, gelangte bis an das Ufer des Van-Sees und lief weiter bis Erzurum, Kars und Erzincan. Gülbahars und Ahmets Liebe war in aller Munde. Die Barden machten Lieder über das Mädchen im Brunnen des Kerkers und die Hirten, die Flötenspieler neue Melodien. Der ganze Ararat sank in Trauer.

Die Jungen, die tapferen Männer und die liebenden Frauen brachen in Klagen aus: »Wie können wir uns hier ins Gesicht sehen, solange sie dort im Kerker schmachtet?«

Ahmet, der Karawanenscheich, Hüso, die Menschen oben auf dem Ararat und die an seinem Fuß, die Leute auf der Erzurum-Hochebene, sie alle konnten nächtelang kein Auge zutun. In ihrem Herzen stach der Schmerz des schlechten Gewissens... Zorn und Scham fraßen in ihnen wie eine Wunde, Tag für Tag, unablässig.

Der Ararat ist wie eine andere Welt, die sich über unsere hiesige Welt gelegt hat. Sein Gipfel ist zumeist umwölkt, manchmal jedoch ziehen anstelle der Wolken in buntem Durcheinander Sterne herauf. Sternenhaufen, die sich drehen und vom Sturm davontragen lassen. Nach langen Nächten geht an der Flanke des Ararat die Sonne auf wie ein leuchtend roter Feuerschein.

Des Nachts wächst der Ararat, nimmt an Gewicht zu, und man hat das Gefühl, die Welt bestehe nur aus dem Ararat. Ein furchterregendes Brüllen zerreißt seine heilige Stille. Bis in weite Fernen... Der Ararat kocht inmitten der Öde. In finsteren Nächten bleibt er in Sicht, verliert sich nicht in der Dunkelheit, sondern läuft dem Weltall wie eine noch schwärzere, noch verlassenere Nacht entgegen. Er flimmert fein im Mondschein, wiegt sich in den Hüften. In der Nacht flößt er einem Furcht ein. Seine Finsternis wie eine Wand. In sternenlosen, stockfinsteren Nächten steigt ein erschütterndes, ersticktes Dröhnen aus dem tiefsten Grund des Ararat, als käme es über eine Entfernung von tausend Jahren.

Die Finsternis wog schwer, schwer wie Blei. Der Ararat schien sich in Bewegung zu setzen. Alles ringsumher lag verlassen. So verlassen wie vor dem Jüngsten Tag... Und die Nacht, die Finsternis schienen sich Schritt um Schritt in Bewegung zu setzen. Die dicke Haut des Ararat zuckte. Der Saum der Nacht flatterte hin und her, zornig und entschlossen. Keine Sterne am Firmament. Vorne Ahmet auf dem Schimmel, Leute vom Ararat ihm zur Seite... Die Häuser, Dörfer leerten sich. Samt den Steinen, die unter ihren Tritten abwärts rollten, wälzten sich die Menschen wie eine Überschwemmung vom Berg herab auf Beyazit zu.

Zur gleichen Stunde erwachte das Ufer des Van-Sees, erwachten die Dörfer im Tal. Auch sie schlossen sich dem Strom nach Beyazit an. Die große Menge, wie aus allen Himmeln gefallen, aus allen Erdlöchern gekrochen, marschierte gemeinsam mit der Nacht und dem Ararat auf den Palast zu.

Als die Sonne, an einer der Flanken des Ararat klebend, weiterzuwandern begann, konnte Mahmut Khan vom Fenster seines Palastes aus die Menge nur schwach ausmachen. Berittene, Fußgänger, Menschen, behängt mit Ziegen-, Schaf-, Reh- und Fohlenfellen, hochgewachsene Recken, Kerle mit goldblonden Haaren, klaren blauen Augen und solche mit schönen Handgelenken, langem Hals, großen Augen...

Je heller es wurde, desto mehr hob sich aus dem hin und her wogenden Saum der Nacht die Menge hervor, als würde sie in dem sich auflösenden Nebel allmählich Konturen gewinnen. Als Mahmut Khan die Menschenmenge sah, schloß er die Augen, um sie gleich darauf wieder zu öffnen. Auf dem Schimmel saß Ahmet. Zorn ergriff Mahmut Khan plötzlich, er schaute sich nach allen Seiten um, wollte einen Befehl geben, doch sein Mund war wie ausgetrocknet, und er verfiel ins Grübeln. Wenn sich der Marktflecken Beyazit mit all seinen Steinen, seiner Erde in Soldaten verwandelt hätte, was wäre das schon gewesen im Vergleich zu dieser Menge? Mit ihrem einen Ende im Beyazit-Tal, dem anderen irgendwo oben unweit des Ararat-Gipfels...

Die Menge bewegte sich gemessenen Schrittes vorwärts auf den Palast zu. Wie Ameisen... Niemand gab einen Laut von sich... Für einen Augenblick hörte man ein lautes Getöse. Das Tor des Palastes war eingebrochen, die Menge strömte auf ihrem Weg voran. Sie marschierte immer noch still, gemessenen Schrittes, bis zum Kerker heran. Ismail Aga, der Gülbahar aus dem Kerker geholt hatte, stand zitternd an der Tür. Gülbahar blinzelte in die aufgehende Sonne, sah jedoch mit geblendeten Augen nicht, was um sie herum vorging, wußte nur, daß man sie vom Brunnen des Kerkers heraufgebracht hatte. Die Menge nahm Gülbahar in ihre Mitte und entfernte sich ebenso gemessenen Schrittes wieder durch das Tor des Palastes.

Drüben am Grab von Ehmedê Xani hatte man ein großes Feuer entfacht. Über die Glut, die sich auf einer Fläche so groß wie ein Dreschplatz ausbreitete, huschten Derwische und Weise hinweg, und Jünger, die sich um die Glut scharten und einen Ring bildeten, sangen für sie Gebetshymnen, trugen Rezitationen vor, spielten Flöte. Die Menge, immer noch schweigend, versammelte sich um den Feuerplatz herum. Den ganzen Hang des Ararat hoch standen Menschen. Aus der Ferne noch sah man die auf der Glut Tanzenden. Die schweißgebadeten, nackten Körper der über das Feuer huschenden Derwische schossen hoch wie Wasser inmitten von Glut.

»Ich bin feige«, sagte Mahmut Khan und versuchte, mit dem blanken Schwert in der Hand, sich allein auf die Menge zu stürzen, so daß Ismail Aga und die anderen alle Mühe hatten, ihn zurückzuhalten.

»Was nützt es, noch zu leben?« wimmerte er. »Ich habe den Namen der großen Osmanen aufs Spiel gesetzt, verkommen lassen. Ich bin zum Gespött der ganzen Welt geworden. Was wird geschehen, wenn der Serail davon erfährt? Was nützt es, noch weiterzuleben?«

Was für eine Menge! Mit ihr konnte man es nicht aufnehmen. Gegen diese Menge waren sogar Armeen machtlos. Was für ein Unheil doch dieser Schimmel mit sich brachte, dachte Mahmut Khan bei sich. Ob Allah dieses Unheil, die Sache mit dem Schimmel eingefädelt hatte?

Die Menge ließ es sich bis zum Sonnenuntergang drüben am Grabmal von Ehmedê Xani gutgehen. Man schlug die Trommeln. Die Derwische, halbnackt, mit Haaren fächerförmig wie Schirme, vollführten Spiele über dem Feuer, mit hin- und herfliegenden Füßen, in einem wilden Wirbel von Händen und Füßen. Und die Jünglinge, Mädchen und Frauen drehten sich im Tanz mit einer Grazie, wie sie das Menschengeschlecht noch nicht erlebt hatte. Abwechselnd immer ein Mann und eine Frau nebeneinander, reichte die Kette der Tanzenden bis zum Palast; sieben Trommler und sieben Schalmeispieler spielten dieselbe Melodie und konnten die lange Kette der Tänzer gerade noch dirigieren. Die Frauen trugen bestickte Schürzen aus Seide. Ihre Hauben, wie die Sonne glänzend, wogten auf und nieder, und der Tanz zu Füßen des Ararat glich einem Meer, das Wellen wirft. Bald rollt die Welle vorwärts, schäumt auf, bald wird sie klein und fein, läuft aus.

Man brachte Gülbahar ins Haus des Eisenschmieds, badete sie und zog ihr ein märchenhaftes, schönes altes Kleid aus Lahore-Stoff an, das nur lose zusammengenäht war. Dann setzte man sie auf den Schimmel ihres Vaters und geleitete sie ins Haus des Karawanenscheichs. Für Ahmet hatten sie ein anderes Pferd besorgt.

Gülbahar und Ahmet bezeugten dem Karawanenscheich ihre Ehrerbietung und küßten ihn auf die Schulter. Auch der Scheich küßte und segnete sie. Mahmut Khan sah von allem, was sich abspielte, ebensoviel, wie er mit den Augen verfolgen konnte; was seinem Blick entging, wurde ihm jedoch augenblicklich gemeldet.

Der Scheich sprach: »Mahmut Khan ist ein Osmane, ein Ungläubiger. Solche sind aus anderm Holz geschnitzt als die übrige Menschheit. Er wird uns das nicht ungestraft durchgehen lassen. Er wird dem Ararat noch manche Schwierigkeiten bereiten. Das wäre nicht so schlimm, aber er tötet auch Frauen und Kinder. Wir dürfen trotzdem nicht zu denen gehören, die mit der Tradition brechen. Ahmet, nimm Gülbahar und geh geradewegs zur Hoşap-Burg, zum Bey. Zur Begleitung gebe ich euch meinen Kalifen Ibrahim mit auf den Weg. Der Bey der Hoşap-Burg kennt ihn. Macht euch jetzt auf, der Bey der Hoşap-Burg wird von nun an euren Fall übernehmen. Er ist mein Jünger.«

Es war eine alte Tradition. Wenn ein junger Mann ein Mädchen entführte und in einem Haus Zuflucht suchte, gab der Herr dieses Hauses dem Vater das Mädchen nicht zurück, wer der Vater auch immer sein mochte. Wie teuer es ihn auch zu stehen kam, er holte zu guter Letzt sein Einverständnis ein, zahlte das Kopfgeld und feierte die Hochzeit. Wegen der zahllosen Mädchen, die man auf diese Weise entführt hatte, war schon viel Blut geflossen.

Gülbahar und Ahmet begaben sich also zum Bey der Hoşap-Burg. Er war ein halbfreier Bey der Osmanen. Selbst wenn es sich bei dem entführten Mädchen nicht um Mahmut Khans Tochter, sondern um die Seiner Majestät des osmanischen Sultans gehandelt hätte, auch dann hätte der Bey von Hoşap sie nicht zurückgeschickt. Die Tradition in den Herrschaftsgebieten des Beys erlaubte das nicht. Lieber hätte er gekämpft, ja sein Leben gelassen oder sein Herrschaftsgebiet verloren, als dieses Mädchen und diesen Jüngling zu übergeben. Er wäre sonst zum allgemeinen Gespött des Volkes geworden und hätte keinem mehr ins Gesicht blicken können.

Die Hoşap-Burg war eine schöne, von drei Festungsmauern umschlossene Burg, errichtet auf Felsen, die senkrecht über das Tal im Osten des Van-Sees und den großen Karawanenweg emporragten. Ihr zu Füßen floß der glasklare Hoşap-Bach. Niemand konnte sagen, wann diese Burg gebaut worden war. Seit Jahrhunderten baute man in jeder Epoche ein Stück dazu. Soviel man auch hinzufügte, es beeinträchtigte doch nie die Burg in ihrer Gesamtheit. Der Hoşap-Bey bewohnte die schönste Burg, die es auf Erden gab.

Gülbahar und Ahmet stiegen unterhalb des Felsenwaldes am Fuß der Burg ab. Man führte die Pferde ins Dorf drunten im Tal in den Stall der Soldaten des Beys. Als der Wachtposten Ibrahim sah, erwies er ihm seine Ehrerbietung und brachte sie in die Burg.

Als der Bey aus Ibrahims Mund erfuhr, was sich zugetragen hatte, kam er zu folgendem Schluß: »Dieser Mahmut Khan kennt weder Tradition noch Sitte. Er ist kein Bey, sondern ein Pascha, ein Osmane. Wenn er hört, daß die Kinder hier sind, wird er Soldaten zusammenziehen und auf uns zumarschieren. Zunächst wird uns nichts anderes übrigbleiben, als bei ihm friedfertig um die Hand seiner Tochter anzuhalten. Wir geben unser ganzes Hab und Gut, um für Ahmet die Tochter zu bekommen. Der Befehl des Scheichs ist uns eine besondere Ehre, für den wir sogar unser Leben opfern.«

Und er klatschte in die Hände, worauf seine Männer herbeieilten. »Gebt den Gästen zu essen, und zeigt ihnen ihre Räume«, befahl er. »Sie kommen von weither geritten.«

Als Gülbahar und Ahmet das Zimmer verließen, verfinsterte sich das junge Gesicht des Hoşap-Beys vor Gram, seine Augen wurden feucht. Die blonden Haare verloren ihren Glanz. Er gab sich einen Ruck und stand auf; er war hochgewachsen.

»Kalif«, sagte er, »der Befehl des Scheichs ist uns eine Ehre, aber wie sollen wir die Sache anpacken? Wenn es sich um einen anderen, um irgendeinen Mann gehandelt hätte, würde ich mein Pferd besteigen, zu ihm reiten und ihm sagen, er möge seine Tochter Gülbahar mir zu Gefallen meinem Sohn Ahmet geben. Diese Sprache jedoch versteht Mahmut Khan nicht. Er wirft jeden sofort in den Kerker. Er ist ein selbstbewußter, tapferer Mensch, duldet jedoch keine Widerrede. Ich kenne ihn aus Istanbul. Mein Vater hatte schon seinen Vater gekannt. Was ist das für eine Geschichte? Wie konnte Ahmet das Mädchen aus dem Palast entführen? Erzähl doch mal, vielleicht fällt uns dann etwas ein.«

Ibrahim begann mit dem Pferd und berichtete, wie sich alles zugetragen hatte. Dann schilderte er alle folgenden Ereignisse ausführlich.

Der Bey meinte: »Schwierig, schwierig, mein Kalif. Äußerst schwierig. Mahmut Khan muß tollwütig geworden sein. Er wird sich am ganzen Ararat, am Van-See und danach an mir rächen wollen. Schon längst muß der Pascha von Van eine Nachricht erhalten haben. Was kann man dagegen tun?«

Er ließ sich die Sache die ganze Nacht durch den Kopf gehen. Am Morgen rief er Ibrahim wieder zu sich.

»Hör zu, mein Kalif«, sagte er, »ich habe mir etwas ausgedacht. In fünfzehn bis zwanzig Tagen will ich Mullah Mohammed, den Zungenfertigen, zu Mahmut Khan schicken und alles tun, was Mahmut Khan fordert, um mich mit ihm zu versöhnen. Sag meinem Scheich, daß ich Mahmut Khan, wenn er es als Entgelt für seine Tochter wünscht, sogar die Hoşap-Burg überlassen werde. Sag meinem Scheich auch, daß ich bis an mein Lebensende das Mädchen niemandem geben werde, selbst wenn er mit der ganzen osmanischen Armee gegen mich gezogen käme. Grüß meinen Scheich von mir, ich bin ihm zu Dank verpflichtet, daß er soviel Vertrauen in mich gesetzt hat und mir sein teuerstes Gut geschickt hat. Ich küsse seine Hände.«

In jener Nacht überließ man ihnen das Zimmer in der Burg, das man sonst nur für Gäste von höchstem Rang bereitstellte, ein Zimmer mit hoher Decke, Marmorboden, das mit roten Filzstücken ausgelegt und mit unvergleichlich kostbaren kurdischen Kelims und Teppichen an den Wänden geschmückt war. Die Bettdecke war mit Atlasseide bezogen. Das Bett selbst war breit.

Gülbahar wartete respektvoll darauf, daß Ahmet zu Bett ging. An der Wand brannte eine silberne Öllampe; ihr Fett war mit einem angenehmen Duft angereichert, so daß das Zimmer schwindelerregend süß roch.

Bevor Ahmet zu Bett ging, zog er sein Schwert und legte es auf das Bett, so als wolle er es mit dem blanken Schwert in zwei Hälften teilen. Der Schwertknauf lag auf dem Kopfkissen. Der goldene Knauf lehnte starr am unteren Ende des Kissens. Und Ahmet legte sich auf die andere Seite des Kissens.

Gülbahar konnte nur noch staunen. Auch unterwegs im Karawanenserail in Erciş und auch in Van hatte Ahmet es so gemacht. Das hieß, daß sie beide zwar im gleichen Bett lagen, aber wie Schwester und Bruder. Waren sie denn noch Bruder und Schwester? Hatte sich Gülbahar nicht im Palast, im Zimmer über dem Kerker ihm hingegeben, war sie nicht seine Frau geworden, in der Überzeugung, ihm nie wieder zu begegnen? Was wollte Ahmet ausdrücken, wenn er das Schwert so zwischen sie beide legte?

Auch Gülbahar legte sich schließlich zu Bett. Ahmet küßte sie nicht, berührte sie nicht einmal. Ein Schwert in die Mitte zu legen, bedeutete also das. Sie sprachen in jener Nacht nicht einmal ein Wort miteinander.

Gülbahars Herz stand in Flammen, brannte. Was war das? Was ging da vor? Hatte sie Ahmet etwas angetan? Hatten die Ararat-Bewohner eine Tradition, die sie nicht kannte?

Bis zum Morgen lag sie wach. Vielerlei Fragen gingen ihr durch den Kopf. Böse, aber auch freundliche.

Gülbahar war gespannt wie ein Bogen und wie von Sinnen vor Liebe. Es war nicht zu übersehen, unleugbar, daß sich etwas verändert hatte und Ahmet sich ihr gegenüber nicht wie früher benahm, nicht wie an jenem Tag, als sie zum erstenmal einander begegnet waren. Etwas kalt, etwas mißmutig, sehr nachdenklich. Was hatte es mit dieser Veränderung Ahmets auf sich? Wozu das alles?

Gegen Morgen konnte Gülbahar es nicht mehr aushalten und weckte ihn auf.

»Wach auf«, sagte sie scharf. »Ich muß dir eine Frage stellen. Gib eine echte, eine ehrliche Antwort, eine Antwort, die dir von Herzen kommt.«

Ahmet schwieg. Die Berggipfel im Osten hellten sich auf, und dicke Strahlen fielen Fleck um Fleck auf ihr Bett.

»Warum hast du zwischen uns dieses Schwert gelegt? Den Grund dafür will ich wissen. Bin ich im Palast nicht deine Frau geworden? Hat man schon einmal erlebt, daß man danach ein Schwert in die Mitte legt? Oder haben die Bergbewohner eine Sitte, eine Tradition, die ich nicht kenne? Wenn du mich liebst, mußt du mir darauf eine Antwort geben.«

Ahmet schwieg.

»Du wirst mir das sagen!«

Ahmet gab keine Antwort, Gülbahar ließ jedoch nicht nach, eine Antwort zu fordern. Ahmet schämte sich zu Tode, und er versuchte, den Gedanken, der ihn ständig plagte, zu verjagen, konnte aber mit diesem furchtbaren Gedanken einfach nicht fertig werden. Ganz zu schweigen davon, daß er diesen Gedanken, den er sich selbst nicht einmal eingestand, der in ihm bohrte, ihn beschämte, hätte Gülbahar verraten können.

Schließlich sah er sich gezwungen, Gülbahar anzulügen.

»Das ist nicht unsere Tradition, aber die Tradition in dieser Burg hier, an diesen See-Ufern, diesen Tälern… Aus diesem Grund habe ich das Schwert zwischen uns gelegt. Solange bis dein Vater dich mir gegeben hat, darf ich dich nicht anrühren.«

Gülbahar konnte dem keinen Glauben schenken, hüllte sich jedoch in Schweigen. Sie ahnte verschwommen, warum Ahmet sie nicht anrührte, aber auch sie wollte sich das nicht eingestehen.

Und so vergingen die Tage. Ahmet litt Höllenqualen, und Gülbahar mußte das tagaus, tagein mit ansehen. Ahmets Augen sanken in ihre Höhlen, verloren ihr Licht und ihren Glanz. Gülbahars Kräfte ließen unter dieser schweren Last von Tag zu Tag nach. Ihre Welt glich vier finsteren Wänden. Sie fühlte sich tief gekränkt. Sie lief im Harem der riesigen Burg auf und ab, traurig, wie eine Schlafwandlerin, ohne einen Bissen anzurühren. Mehrmals in der Woche ritt Ahmet zusammen mit dem Bey von Hoşap zur Jagd aus, von der sie abends mit Bezoar-Ziegen, großen, fremdartigen Vögeln und Rehen zurückkehrten. Wenigstens an diesen Tagen konnte Gülbahar ein wenig aufatmen und sah nicht ständig den mit dem Tod ringenden Ahmet vor sich.

Schließlich blickte Ahmet ihr nicht einmal mehr ins Gesicht. Alle in der Burg bemerkten den Zustand, in dem Ahmet sich befand. Ab und zu lief ihm der Bey über den Weg.

»Mach dir keine Sorgen, Ahmet, mein Sohn«, sagte er dann, »selbst wenn die ganze osmanische Armee auf mich zumarschiert, werdet ihr euer Ziel erreichen. Kann denn jemand, der sich in mein Haus flüchtete, auf dem die Gunst und der allmächtige Blick des Scheichs ruhen, Angst haben und sich fürchten? Kann er in Hoffnungslosigkeit versinken?«

Ahmet sagte kein Wort, lächelte den Bey nur an. Niemand sollte wissen, was für eine Sorge sein Herz bedrückte. Keiner würde es je erfahren. Auch nicht Gülbahar. Sie soll es ahnen, aber nicht genau wissen.

Mullah Mohammed, der sich vor fünfzehn Tagen nach Beyazit aufgemacht hatte, kehrte eines schönen Morgens zurück. Der Bey und Ahmet trafen gerade Vorbereitungen, um auf die Jagd zu gehen.

Der Bey beorderte Mullah Mohammed in seinen Ratssaal. »Was gibt's, Mohammed? Was gibt's Neues? Etwas Gutes oder Schlechtes?«

»Etwas Schlechtes!« antwortete Mohammed. Sein Bart fiel herab wie klares Wasser. »Etwas sehr Unerfreuliches. Der Pascha empfing mich sehr schlecht. Beinahe hätte er sein Schwert gezückt und mich zerstückelt. Er sagte, daß er soviel Feindseligkeit, soviel Niedertracht von jedem erwartet hätte, nur nicht von dir. Geh und bestelle ihm folgendes, sagte er zu mir... Er soll das Mädchen und Ahmet aneinanderbinden und sofort zu mir schicken. Mit einer Abteilung Soldaten... Fünfzehn Tage nach deinem Weggang erwarte ich, daß der Bey dem Folge leistet. Falls das Mädchen und Ahmet nicht auftauchen, werde ich Soldaten zu ihm schicken. Er sprach von dir und vom Scheich in unhöflicher, verletzender Weise.«

»Er sprach auch vom Scheich? Auch vom Scheich?«

»Auch vom Scheich!«

»Dieser Mann ist tollwütig geworden, hat seinen Verstand verloren!«

Der Bey gab sich seinen Gedanken hin und ging hinaus, wo ihn an der Tür Ahmet erwartete. Ohne daß der Bey ein Wort verlauten ließ, liefen sie zusammen von der Burg zur Brücke hinunter. Mit fragenden Augen wartete Ahmet darauf, daß er zu reden begann.

Schließlich war der Bey auf der Brücke angekommen und sagte: »Dieser Mann ist tollwütig geworden, er soll auch den Scheich beschimpft haben, er ist von einem Unheil befallen. Er will binnen fünfzehn Tagen eine Armee zu uns schicken.«

»Wir sollten besser selbst hingehen«, sagte Ahmet. »Uns zuliebe sollte kein Blut vergossen werden. Es wäre schade darum.«

»Nirgendwohin könnt ihr gehen«, verkündete Hoşap-Bey mit stolzgeschwellter Brust. »Die Tür der Hoşap-Burg ist seit ihrem ersten Tag noch von keinem aufgebrochen worden. Wenn Mahmut Khan kommt, dann blüht ihm nichts Gutes! Du bist der Sohn dieses Hauses und kannst nirgendwohin gehen. Das bin ich meiner Ehre schuldig. Nunmehr ist das meine Angelegenheit, nicht deine. Bleib in der Burg und laß es dir gutgehen.«

Und weiterhin ging der Bey zusammen mit Ahmet auf die Jagd. Während sie damit ihre Tage verbrachten, waren sie auch auf Mahmut Khans Soldaten gefaßt und bereiteten sich auf den Kampf vor. Und von drunten aus der Wüste, vom Ararat, aus dem Muş-Tal, vom Urmiye-See, aus Van, Bitlis und Diyarbakir wurde der Hoşap-Burg Hilfe angeboten und ihr von allen Seiten die Hand der Freundschaft gereicht. Das gefiel dem Bey außerordentlich. Er würde es also noch einmal mit den Osmanen aufnehmen, in der Ebene vor der Hoşap-Burg. Um das Wohl einer alten Tradition im Herrschaftsgebiet des Beys willen. Um der Pflicht zu gehorchen, die er übernommen hatte.

Als der Tag heraufzog, sah man in der Ferne ein Häuflein Berittene. Ihre Pferde waren alle Grauschimmel. An der Brücke unterhalb der Hoşap-Burg zogen die Reiter die Zügel straff. Die Männer des Hoşap-Bey nahmen sie ehrfurchtsvoll in Empfang und hielten die Pferde an den Zügeln fest.

Der Bey von Hoşap empfing die Ankömmlinge am Tor der inneren Burgmauer. Er kannte sie alle gut. Es waren die Beys der umliegenden Stämme. Er wußte auch, was sie hierhergeführt hatte. Das bedeutete also, daß Mahmut Khan es nicht wagte, einen Krieg vom Zaun zu brechen.

Der Bey von Zilan war ein junger, gutaussehender Mann, lebhaft und impulsiv. Er war es, der sprach. Seine Nase war gebogen und gekrümmt wie die eines Adlers, seine Stimme tief.

»Bey«, sagte er gewichtig, »es darf kein Krieg stattfinden deswegen. Wir sind gekommen, um einen Ausweg zu suchen. Mahmut Khan war gerade dabei, Soldaten zusammenzuziehen. Wir hinderten ihn daran. – Jetzt hast du das Wort.«

Der Bey von Hoşap sprach: »Ich kann Ahmet und Gülbahar dem Pascha nicht zurückschicken, das wißt ihr sicher besser als ich. Ich habe keine andere Wahl. Was der Pascha ansonsten von mir will, sein Wunsch sei mir willkommen. Wenn ich ihm den Jüngling und das Mädchen zurückbringe, werden nicht einmal mehr die Hunde mir und meiner Sippe ins Gesicht sehen können. Ihr seid doch so viele Beys, so sucht doch ihr, bei allem schuldigen Respekt, nach einem Ausweg. Übermittelt dem Pascha meine Hochachtung. Wenn er darauf Wert legt, gebe ich ihm mein Hab und Gut, meine Seele. Ich tue alles, was er will, will seinem Schwiegersohn Dörfer schenken, seine Wünsche sind mir eine Ehre... Aber ich kann einen Gast, der in mein Haus kam, nicht zurückschicken, nicht um mein Leben.«

»Der Bey hat recht«, sagte der Bey von Zilan.

»Wir sind vergebens gekommen, wir haben etwas getan, was sich nicht gehört«, pflichteten auch die anderen bei. »Wenn wir uns noch einen Rest Menschlichkeit bewahrt hätten, wären wir dem Bey nicht mit einem so ungehörigen Vorschlag unter die Augen getreten.«

Am zweiten Tag bestiegen sie wieder ihre Pferde und ritten davon. Mahmut Khan, der der Meinung war, daß die Beys Ahmet und Gülbahar aus der Burg holen und herbringen würden, dachte sich eine Folter nach der anderen, einen Tod um den anderen aus. Und nicht ein einziges Mal wollte es ihm in den Sinn kommen, daß der Bey von Hoşap das Mädchen und den Jüngling etwa nicht ausliefern könnte. Er hatte ja dem Hoşap-Bey eine scharfe Drohung geschickt. Er hatte ihm mitgeteilt, daß er osmanische Soldaten gegen ihn aufziehen lassen würde; und im übrigen war der Bey von Hoşap auch nicht mehr so stark wie früher. Koste es, was es wolle, er mußte das Mädchen und den Jüngling ausliefern. Die großen, ruhmreichen Beys, die man ausgeschickt hatte, waren ja schließlich nicht vergebens geschickt worden...

Es machte ihn rasend, daß die Beys mit leeren Händen zurückkehrten. Das hatte er nie und nimmer erwartet. Da war etwas nicht in Ordnung. Keiner hörte mehr auf die Osmanen. Er war nicht einmal mehr imstande, über den Bey von Hoşap Macht auszuüben. Man sollte Rüstem Pascha in Erzurum klaren Wein einschenken über die Lage, ihn um seinen Beistand bitten und dann keinen Stein der Hoşap-Burg mehr auf dem andern lassen. Er ließ sich den Beys gegenüber aber seine Wut nicht anmerken, nicht im mindesten.

»Der Bey von Hoşap hat recht«, begann der Bey von Zilan. »Man kann die Liebenden, die als Gäste kamen, nicht um eines Lebens willen zurückschicken. Pascha, laß uns nach einem Ausweg suchen!«

Mahmut Khan schwieg.

An diesem Tag veranstaltete er ein großes Fest für die Beys. Der Ratssaal war zum Bersten voll.

Am Morgen schrieb der Pascha einen Brief an den Pascha von Erzurum, der die Ereignisse von Anfang bis Ende schilderte. Der Pascha von Erzurum war einer der Günstlinge des Sultans. Er hatte lange Jahre im Serail verbracht und zählte zu den großen Wesiren. Wenn er sich auf seine Seite stellte, war alles leicht, und es war ein Kinderspiel, dem frechen Bey von Hoşap den Kopf abzuschlagen. Der Brief, den er ihm schrieb, war sehr rührselig. Mit gefühlvollen Worten beschrieb er, wie eines Nachts Hunderttausende von Menschen rasend wie wilde Wölfe aus den Bergen herabgekommen waren, den Palast überfallen und das Mädchen entführt hatten. Wie im Angesicht dieser Menschenmassen er und seine Soldaten hilflos dagestanden hatten und gegen die ameisengleiche Menge nichts, aber auch gar nichts hatten ausrichten können.

Einige Zeit später kam der Kurier, den er nach Erzurum geschickt hatte, wieder zurück. Rüstem Pascha hatte den Brief gelesen und darüber gelacht. Während der Kurier von jener Menschenmasse in der Nacht erzählte, schüttelte er sich so vor Lachen, daß er sich den Bauch halten mußte.

»Grüße Mahmut Khan von mir, er soll das Mädchen auf der Stelle dem Jüngling geben. Dieser Jüngling hat das Mädchen verdient. So wie er den Schimmel verdient hat. Ich werde ihm noch schreiben...« Diese Botschaft gab er dem Kurier mit auf den Weg.

Mahmut Khan las Rüstem Paschas Brief, in schönster Handschrift geschrieben, und nannte ihn einen Schuft. »Der Schuft, Sohn eines Schufts, macht sich doch tatsächlich lustig über mich. Er sollte einmal in meiner Haut stecken! Wäre er dann auch noch aufgelegt zum lachen und sich lustig machen, wenn ein dahergelaufener Köter vom Berg ihm seine Tochter entführt hätte? Könnte er dann auch noch so von oben herab fragen, ob ich wegen eines Mädchens einen Krieg gegen die ganze Welt entfesseln will? Ich hatte diesen Hund immer für einen Freund gehalten und ihn gastlich, wie einen Sultan, in mein Haus aufgenommen. Stets hatte er mich um meinen Palast beneidet. Mit diesem Brief rächt er sich nun an mir.«

Er drehte den Brief herum und las ihn noch mehrere Male.

Er wollte auf jeden Fall gegen Hoşap losziehen. Wenn ihn aber Hoşap-Bey, dieser reißende, wilde Wolf, besiegte… Die Hoşap-Burg war noch nie gefallen, das hatte es in der Geschichte noch nicht gegeben. Dies alles nahm mit der Zeit Mahmut Khans Sinne gefangen, und je mehr es ihn seiner Sinne beraubte, desto mehr verlor er seine Fassung. Jeden Tag führte er Gespräche mit Ismail Aga, immer wieder rief er die Beys, denen er vertraute, zu sich und ließ sich von ihnen Ratschläge geben, ohne dabei jedoch den Schlüssel zur Lösung zu finden.

In der Zwischenzeit eilte der Bittsteller des Hoşap-Beys, der Zungenfertige, ständig zwischen Palast und Burg hin und her.

»Mein Pascha«, sprach er, »unser Leben sei dir geweiht. Unser Bey teilt dir mit, daß du ihn wegen eines Mädchens nicht in allgemeinen Verruf bringen sollst. Er küßt dir die Hände. Er läßt dir ausrichten, daß ihm nicht einmal die Hunde hier unter die Augen treten, falls der Pascha ihm seine Gäste wegnimmt. Nicht einmal mehr in die Augen seiner Sippe könne er blicken. Er werde ihm soviel Brautgeld geben, wie der Pascha verlangt. Er bestellt dir, daß er sich für Mahmut Khan opfern wird, wenn der Pascha ihn dazu auffordert. Auch Ahmet wird an der Stelle sterben, wo du ›Stirb‹ sagst.«

Der Hoşap-Bey verfolgte von Tag zu Tag, wie Mahmut Khan sich verhielt. Er wußte, daß er sich an den Pascha von Erzurum, an den Pascha von Van, an kleine und große Beys und obendrein an den Sultan in Istanbul gewandt hatte. Früher oder später würde dieser dumme und eigensinnige Kerl Soldaten auf ihn losschicken und einen Krieg vom Zaun brechen, der womöglich Hunderte von Jahren fortdauern würde.

Die Armen würden wieder Hungers sterben. Eines entführten Mädchens wegen. Wer, welcher dumme Bey, welches dumme Volk hatte diese Tradition eingeführt?

Auch den Pascha erfüllte Angst. Er mußte diesem Spuk endlich ein Ende bereiten. Daß der Schimmel zu Ahmets Tür gelaufen und von dort nicht mehr gewichen war, daß dies alles in einer großen Liebe endete und daß Memo sich aus Achtung vor dieser Liebe geopfert hatte, all das verlieh Ahmet und Gülbahar einen Heiligenschein. Wieder würden die Menschen von hoch oben am Berg und von tief unten im Tal eines Nachts sich erheben, keinen Stein des Palastes auf dem andern und in seinem Innern keine Seele am Leben lassen.

Von alldem konnte sich Mahmut Khan keine Minute lang lösen. Er fand nachts keinen Schlaf mehr. Er wurde hellhörig, bei jedem kleinsten Knacken fuhr er wie der Blitz hoch und wanderte mit dem blanken Säbel in der Hand wie ein Schlafwandler durch den Palast.

Er befand sich in arger Bedrängnis. Er sah sich nicht mehr imstande, einen Ausweg aus dieser Sackgasse zu finden. Seine eigene Würde und die des großen Osmanischen Reiches hatten seinetwegen gelitten. Ein winziger Hoşap-Bey hatte ihn besiegt. Und mit ihm auch den Osmanen. Mit jedem Tag schrumpfte er mehr zusammen. Er wußte nicht mehr ein noch aus, wechselte mit niemandem ein Wort. Einen Tag um den anderen verstärkte sich das Gefühl in ihm, daß er einem Fluch verfallen war.

Jedes Jahr, wenn der Frühling den Ararat emporsteigt, kommen alle Hirten der Gegend zum Ufer des Küp-Sees am Berghang, breiten ihre Filzumhänge über die kupferne Erde und die roten Feuersteinfelsen am See aus und lassen sich rings um ihn nieder. Die Zahl der Hirten ändert sich von Jahr zu Jahr. Wenn der Tag heraufdämmert, ziehen sie die Flöten aus dem Gurt und beginnen, alle miteinander, das Lied vom Zorn des Ararat anzustimmen. Sobald der Tag sich neigt, stecken sie behutsam gleichzeitig die Flöten in den Gurt und erheben sich. Gerade in diesem Augenblick kommt ein kleiner weißer Vogel geflogen, taucht einen seiner Flügel in das tiefe Blau des Sees, um dann wieder zu verschwinden. Weit oben in der Ferne zeichnet sich vor einem der Felsen, der wie ein Schiff im Land des Schnees dahinschwimmt, ein riesengroßes Pferd ab, dessen Geschirr im Halbdunkel blinkt. Es wächst und wächst, wird zu einem Gaukelbild, das sich über den See herabsenkt, immer weiter ausdehnt, sich unten im Tal auflöst und sich schließlich verliert.

Zu der Zeit, da die Hirten wieder fortziehen, kniet in einem Zelt auf der scharfriechenden, frisch aufbrechenden Frühlingserde ein Barde, zieht seinen Stab zu sich heran und stimmt ein Lied an. Ein Flötenspieler begleitet ihn...

Ich kniete auf der verfluchten Erde des Ahuri-Kerbtals. Ich kniete auf der tausendjährigen Erde der Liebe, der Erde des Lenzes. Dreimal rief ich, und dreimal gab der große Berg mir eine Antwort. Ich kniete unter Sternenhaufen, die über dem Berggipfel hingen und ihren Glanz über die tiefrot, tiefblau, tiefgelb blühenden Blumen und auch das satte Grün sprühten. Ich kniete auf dem Kamm des Berges, mitten auf seinem verschneiten Herzen... In der Helle, dem Licht eines Berges kniete ich, eines Berges, der sein Herz der großen Liebe darbot. Ich sang das Lied des unerreichbaren Zorns. Ich kniete unter einer dunklen Wolke, umgeben von einem Duft, der meine Sinne betäubte. Ich kniete über einem Gießbach aus riesigen Flammen, der nicht endenwollend vom Berg herabströmte. Dreimal rief ich den Berg, dreimal rief ich das Herz der tausendjährigen Frühlingserde, dreimal die tausendjährige Erde der Liebe. Hirte, sagte ich, Hirte, wo bist du? Der Hirte kam und stellte sich vor mich hin.

Und der Hirte war verliebt in des Beys Tochter. Auch das Mädchen liebte den Hirten. Dies kam dem Bey zu Ohren. Der Bey besaß fünfzehn Dörfer. Sie alle lagen hier im Ahuri-Kerbtal. Der Bey befahl, den Hirten festzunehmen. Den Hirten, der es wagte, sich in meine Tochter zu verlieben. Ich will ihn, tot oder lebendig.

Der Liebesvogel verwandelte sich in Feuer. Er baute sich auf einer Flammenpappel ein Nest aus Flammen. Er bekam drei Junge. Mit seinen drei Flammenjungen flog der Liebesvogel über das Land. Überall, wo er vorüberzog, überall, wo er sich niederließ, flammte Feuer auf. Der Berg flammte auf, der Stein und die Erde. Durch die Flammen fingen der Himmel, die Sterne zu wogen an. Die Menschen gingen in Flammen auf. Der flammende Liebesvogel flog über Berge, über Meere dahin. Auch jenseits der Meere schossen Flammen empor, jenseits der Berge... Flammen brachen aus den Blumen hervor. Auf den tiefblauen, gelben und grünen Blumen erblühten Flammen.

Der Hirte suchte auf dem Ararat Zuflucht. Das Herz des Ararat stand in Flammen. Männer aus fünfzehn Dörfern folgten dem Hirten auf den Fersen, um ihn zu packen und zu töten. Sie suchten ihn überall am Ararat, in jedem Winkel. Der Berg aber gab ihn nicht preis. Der Hirte fing Feuer.

Auch das Mädchen konnte eines Tages der Liebe in seinem Herzen nicht mehr standhalten und machte sich auf zum Ararat. Diesmal folgte dem Mädchen alles, was Beine hat, jung und alt, Frau und Mann, Menschen aus fünfzehn Dörfern. Der Ararat aber gab auch das Mädchen nicht preis. Es ging in Flammen auf.

Eines Tages konnte der Hirte es nicht mehr ertragen, bat den Ararat um Erlaubnis und verließ sein Versteck. »Ich möchte meine Liebste noch einmal sehen, selbst wenn sie mich töten«, sagte er. Er lief in Richtung des Dorfes. Drei Tage und drei Nächte lang strich er immer um das Dorf herum. Er wollte den Tod hinausschieben, er ist so schwer. Dann schloß er die Augen fest und lief schnurstracks auf das Dorf zu. Und als er hochblickte, war vom Dorf kein Stein übriggeblieben. Er lief weiter in das nächste und wieder das nächste, doch es gab sie nicht mehr. Als er die Augen hob, sah er, daß etwas weiter drüben unweit des Felsens, an dem ihr Haus stand, seine Liebste umherging. Die zwei Liebenden fanden sich.

Einmal soll der Ararat, von Zorn gepackt über so viel Grausamkeit und Bosheit, einen Teil davon über die Menschen geschüttet haben. Fünfzehn Dörfer sollen mit allem, was kreuchte und fleuchte, unter dem Berg begraben worden sein. Er mußte sie verschluckt haben. Das also ist der Zorn des Ararat. Der Liebesvogel gleicht einer Flamme. Was er auch anrührt, geht ebenfalls in Flammen auf. Sein Liebesnest gleicht einer Flamme.

Das also ist der Zorn des Ararat, ist sein Unheil. Man kann sich dem Ararat nicht widersetzen. Das ist sein Fluch.

Und in jedem Frühling, wenn rings um den Küp-See die Blumen erblühen, kommen alle Hirten des Ararat zum Ufer des Sees und breiten ihren Filzüberwurf über die tausendjährige Frühlingserde aus... Und der Liebesvogel aus Flammen... Er taucht seinen Flügel in das tiefe Blau des Sees.

Hüso, der Eisenschmied, war halbnackt zum Tor des Palastes gelaufen und schrie aus vollem Hals.

»Pascha, Pascha«, rief er, »hast du den Flötenspieler des Frühlings gehört? Hast du ihn verstanden? Der Fluch des Ararat soll dich heimsuchen... Das Unheil des Ararat soll über dich hereinbrechen. Laß die Liebenden in Ruhe!«

Mahmut Khan befahl seinen Männern: »Geht hin und holt diesen Eisenschmied her, damit wir verstehen, was er sagt!«

Hüso war halbnackt. Sein kräftiger Körper glich dem eines Übermenschen. Als Mahmut Khan ihn so sah, lief ihm ein Schauer über den Rücken.

Der Eisenschmied fragte ihn: »Hast du dem Barden zugehört, den ich dir schickte?«

Der Khan erwiderte: »Ja, ich habe ihm zugehört.«

»Und, was sagst du nun? Fürchtest du dich nicht?«

Der Pascha schwieg.

Hüso schimpfte weiter, ohne ein Blatt vor den Mund zu nehmen, doch schließlich erhob er sich wie eine Bergwand und lief davon. Als er durch die Tür des Rates nach draußen ging, meinte er: »Du mußt es wissen, Pascha, du mußt es ja wissen!«

Als er fort war, sprach Ismail Aga: »Mein Pascha, ich habe dir einige Fragen zu stellen.«

»So stell sie«, antwortete der Pascha.

»Hat je ein Mensch den Gipfel des Ararat bezwungen?«

»Nein«, erwiderte der Pascha.

»Kann ein Mensch ihn überhaupt bezwingen?«

»Vielleicht kann er es«, sagte der Pascha, »hinaufsteigen kann er möglicherweise, aber nicht mehr herunterkommen. Der Ararat hält ihn fest und läßt ihn nicht mehr los.«

Schon viele Menschen hatten versucht, den Gipfel des Ararat zu erklimmen. Aber keiner von denen, die sich auf den Weg zum Gipfel gemacht hatten, war je zurückgekehrt.

Auf dem Ararat-Gipfel steht eine Feuertenne. Genau in der Mitte des Gipfels reicht ein Brunnen hinab, bis tief in das Erdinnerste. Aus diesem Brunnen hatte man das erste Feuer geholt. Das erste Feuer, das das Menschengeschlecht zu sehen bekam, war das Feuer aus dem Herzen des Ararat. Die Menschen wollten dieses Feuer stehlen, und sie stahlen es auch... Derjenige, der es entwendete, nützte die Unachtsamkeit des Berges und entriß dem Feuersee eine Handvoll Feuer, rannte den Berg wieder hinab und war schon unten angekommen. Genau in diesem Augenblick muß der Ararat aufgewacht sein und bemerkt haben, daß der Feuerdieb Reißaus genommen hatte. Sofort packte er den Mann mit dem Feuer in der Hand, hielt ihn auf. Noch an Ort und Stelle erstarrten der Mann und auch das Feuer in seiner Hand.

Die Hänge des Ararat sind übersät mit solcherart versteinerten Männern. Niemals hat der Ararat dem vergeben, der seinen Gipfel bezwang, sich dort auf seinen Höhen umsah, ganz gleich, ob er nun sein Feuer gestohlen hatte oder nicht.

Ismail Aga sagte: »Wenn dem so ist, mache ich dir einen Vorschlag.«

»Und der wäre, Ismail?«

»Wir schicken jetzt eine Nachricht nach Hoşap... Gülbahar und Ahmet sollen hierherkommen. Wenn du willst, gehe ich selbst nach Hoşap und hole sie. Wenn Ahmet den Gipfel des Ararat nachweislich bezwingt, geben wir ihm das Mädchen, und zwar eigenhändig. Die Hochzeit werden auch wir übernehmen. Auf diese Weise können wir Ahmet loswerden. Wir können uns das Gerede und die Tyrannei des Volkes vom Hals schaffen. Niemand kann uns dann etwas sagen!«

»Niemand!« pflichtete der Pascha bei. »Das hast du gut gesagt, Ismail. Nimm zwei, drei Beys mit auf den Weg und reite nach Hoşap. Ahmet soll kommen. Auch Gülbahar. Wenn Ahmet auf meinen Vorschlag nicht eingeht, so sag dem Bey von Hoşap, er soll das Mädchen zurückschicken!«

Ismail Aga und weitere fünf Männer, darunter zwei Beys, schwangen sich noch am gleichen Tag auf ihre Pferde und ritten in Richtung Hoşap davon.

Schließlich gelangten sie zur Hoşap-Burg. Der Bey nahm sie freundlicher denn je in Empfang. Ihnen zu Ehren ließ er ein großes Fest feiern. Noch in derselben Nacht eröffnete Ismail Aga die Sache dem Bey.

»Wie soll das gehen, Ismail Aga, das bedeutet den sicheren Tod!« wehrte der Bey ab. »Der Pascha schickt Ahmet also in den Tod. Hat überhaupt schon einmal ein Mensch den Gipfel des Ararat bezwungen und ist wieder zurückgekehrt? Hat man je so etwas gesehen oder gehört?«

Ismail Aga begehrte auf: »Was weiß ich! Ihr wart es, die gesagt haben, wir tun alles, was ihr fordert. Und jetzt fordern wir eben.«

Ohne jede Hoffnung antwortete der Bey: »Wollen wir es einmal Ahmet sagen, mal sehen, was er dazu meint.«

Wenn Ahmet den Vorschlag nicht annahm, war der Bey von Hoşap nicht mehr verpflichtet, ihm Schutz zu gewähren. Das wußte Ahmet, alle anderen auch. Und der Pascha war berechtigt, einen Krieg anzuzetteln.

Der Bey ließ Ahmet kommen und fragte ihn in Gegenwart von Ismail Aga und allen übrigen.

Ohne zu zögern erwiderte Ahmet mit freundlichem Gesicht: »Gut, ich werde den Gipfel des Ararat bezwingen. Ich entfache dort ein riesiges Feuer in der Nacht. Der Pascha wird es sehen. Machen wir uns also an die Vorbereitungen!«

Der Bey von Hoşap, Gülbahar und die anderen konnten Ahmet nicht davon abhalten, den Gipfel des Ararat zu erstürmen und dem Tod mitten in die Arme zu laufen.

Zwei Tage später verabschiedete man sich. Man schwang sich auf die Pferde, und los ging's nach Beyazit…

Ahmet und Gülbahar stiegen vor dem Haus des Karawanenscheichs ab. Die ganze Gegend um Beyazit und um den Ararat erlebte ihre Ankunft mit. Der Eisenschmied stellte sich im Haus des Scheichs ein. Er und der Scheich boten all ihre Überredungskünste auf.

»Dieser Pascha ist gottlos, er will dich töten«, beschworen sie ihn.

Sie konnten Ahmet jedoch nicht zum Aufgeben bewegen. Auch die Bergbewohner kamen gelaufen und flehten Ahmet an. Sie alle stießen auf taube Ohren.

Eines Morgens küßte er dem Scheich die Hand, schwang sich auf sein Pferd, ritt zum Palast und trat vor den Pascha.

»Ich werde den Gipfel des Ararat bezwingen, mein Pascha! Ich danke dir, daß du mich vor so eine schwere Aufgabe gestellt hast. Du hast recht!«

Der Pascha wünschte ihm Glück auf den Weg.

»Drei Nächte lang werdet ihr den Gipfel des Ararat im Auge behalten. In einer wolkenlosen Nacht wird er hell erstrahlen, brennen!«

Er bestieg erneut sein Pferd. Der Schimmel trug ihn davon, den Ararat-Gipfel hinan.

Langsam füllte sich der öffentliche Platz von Beyazit, der Markt, der Vorhof des Palastes mit viel Volk. Die Menschen strömten wie ein Sturzbach vom Berg herab, gewaltig und lautlos, und versammelten sich im Marktflecken von Beyazit. Talaufwärts klebten sie an den Hängen, gelangten schließlich nach Beyazit. Sie liefen herbei, scharten sich zusammen und bevölkerten wortlos den Markt, die Gassen, die Moscheen des Marktfleckens.

Gegen Mittag suchte Ismail den Pascha auf. Dieser empfing ihn mit einer Frage.

»Strömen sie immer noch herbei, ist der Strom noch immer nicht abgerissen?«

»Sie sind immer noch im Anmarsch«, gab Ismail Aga ohne Hoffnung zu und warf verzweifelt die Arme in die Luft. »Sie rücken in hellen Haufen heran. Ein Sturzbach aus Menschen, der fließt und fließt, endlos fließt. Wer hätte gedacht, daß es auf unserem Berg, in unserem Tal so viele Menschen gibt!«

»Ja, viele Menschen gibt es«, stimmte der Pascha zu. »Es gibt viele Menschen auf dieser Welt! Wenn es aber um eine gute Sache geht, finden sie sich nicht zusammen. Woher haben sie so schnell erfahren, daß er zum Berggipfel aufgebrochen ist? Woher haben sie das erfahren, um sich darauf gleich in Marsch zu setzen? Wer mag sie benachrichtigt haben? Werden noch mehr kommen?«

Im langen Marmorsaal des Palastes mit seinen zahllosen Säulen schritt er auf und ab, immer auf und ab, und bei jedem Schritt versanken seine Füße in den Teppichen. Sein Gesicht war schmal und blaß geworden. Die Falten um seine Augen, seine immer wachen Augen, hatten sich tiefer eingegraben.

Verlegen fragte er: »Ismail Aga, wo ist die Unsrige?«

Ismail Aga deutete vom Fenster aus in die Menge: »Da! Am Ende der Menschenmenge, in der Nähe des Grabmals von Ehmedê Xani, bei den Frauen. Schau dorthin, mein Pascha, sie hat etwas Gelbes an!«

Der Pascha machte eine wegwerfende Handbewegung und drehte sich herum. Etwas lag ihm auf der

Zunge. Er brachte es aber nicht über sich, es zu äußern und verzichtete darauf. Ohne Ismail Aga noch eines Blickes zu würdigen, fing er wieder an, hin- und herzulaufen. Ismail Aga stand da und wartete, daß der Pascha etwas sagen würde. Nach einer Weile blieb der Pascha mit einem Mal stehen, hob den Kopf und richtete seine glutrot brennenden Augen auf Ismail Aga.

»Wir können gegen diese Menge nichts ausrichten, sie nicht auseinandertreiben, nicht wahr, Ismail Aga?«

»Nein, da ist nichts auszurichten. Unsere Soldaten und die Kaserne sind von der Menge schon längst umzingelt. Sie können keinen Finger rühren. Im Palast stehen lediglich hundertfünfzig bis zweihundert Soldaten. Nicht einmal eine Armee kann es mit dieser Menge aufnehmen.«

Der Pascha seufzte. »Sie kann es nicht«, bekräftigte er. »Nun geh und sieh nach, ob die Menschenmenge noch weiter anschwillt.«

An diesem Tag wuchs die Menge bis gegen Abend immer weiter, wuchs und wuchs, überschwemmte den Marktflecken, ergoß sich in das Kerbtal darunter und in die Ebene südlich davon und überflutete den Hang jenseits des Grabmals von Ehmedê Xani. Die Menschenkette war an keiner Stelle unterbrochen, die Menge strömte vom Berg und aus dem Tal heran, wollte und wollte nicht abreißen, nicht nachlassen. Gegen Abend wurden Zelte aufgeschlagen, Feuer gemacht, und der Ölgeruch vermischte sich mit dem Duft von Heu und getrockneten Blumen. Trotz allem schien diese riesige Menge leblos, reglos, schwankte nur still und unsichtbar hin und her, wie ein Licht.

Als die Dunkelheit hereinbrach, fragte Mahmut Khan Ismail Aga: »Kommen immer noch welche?«

»Himmel und Erde sind erfüllt von ihnen. Sie sind zahlreicher als die Gestirne am Firmament. Die Erde kann sie nicht mehr tragen...«

»Reden sie denn gar nicht miteinander?«

»Keinen Laut geben sie von sich.«

»Richten ihren Blick ins Leere, nicht einmal auf den Ararat, wie?«

»Nein, sie schauen ins Leere. Die riesige Menge ist verschlossen, als schliefe sie. Sie ist so leblos, als läge sie schon unter der Erde. Auf keinem der Gesichter auch nur die geringste Regung...«

Die Nacht war dunkel, der Himmel wolkenlos. Die Sterne schienen an die Hänge, an den Araratgipfel genagelt zu sein. Sie tauchten den ganzen Himmel in ihren Glanz. Über dem Marktflecken lag Todesstille. Die Menschen atmeten nicht einmal.

Mahmut Khan konnte in jener Nacht bis zum Morgen keinen Schlaf finden, er wandelte im Palast auf und ab und dachte nach. Er dachte über Leben und Tod nach. Er dachte nach über die Menschen, die Massen, die sich aus den Bergen, den Tälern aufgemacht und hierhergewälzt hatten. Des Glücks eines Mannes und einer Frau wegen waren sie hier zusammengekommen. Wenn man es so aus der Ferne betrachtete, mußte man diesen Eindruck gewinnen. Aber es steckte mehr dahinter. Es steckte ein abgrundtiefer Zorn dahinter. Dahinter steckte das Gefühl einer Revolte, die schon hunderttausend Jahre zurückreichte. Jener Zorn, der nicht spricht, sich nicht bewegt... Der Zorn, der sich die Liebe eines Jünglings und eines Mädchens zum Vorwand nahm. Die Zeiten werden allmählich schlechter, das Volk kommt vom richtigen Weg ab. Heute kommen sie und umstellen das Tor – angeblich eines Mädchens wegen – und morgen ergießen sie sich in die Stadt Istanbul. Unter wieder einem anderen Vorwand umzingeln sie diesmal den Serail des Sultans. Die Zeit ist reif, fürchte ich. Wenn wir für dieses Volk keinen Ausweg finden, wird es uns den Kopf kosten. Morgen nehmen sie sich die Grausamkeit zum Vorwand, übermorgen die Steuer, überübermorgen den Palast, schließlich das Brot... Und sie sammeln und sammeln sich... So wie jetzt werden sie sich schweigend zusammenrotten. Und man wird außerstande sein, es mit dieser Masse aufzunehmen. Armeen können sie nicht unterwerfen, auch nicht eine Armee, die den ganzen Erdball umspannt. Sie dürfen sich gar nicht erst zusammentun, sonst kann man sie nicht mehr aufhalten. Jetzt etwas unternehmen, damit sie sich nicht mehr zusammenfinden...

Die Sonne hob sich gegen einen leuchtenden, hellen, wolkenlosen, von keinem Stäubchen getrübten Himmel und gegen den Berg ab. Eine Weile klebte sie am Hang des Ararat und löste sich dann von ihm; dann schien sie ihn noch einmal zu berühren, löste sich dann aber gänzlich, stieg empor und stand nun dem Berg gegenüber. Mahmut Khan hatte dieses Schauspiel noch nie gesehen. Auch die Sonne hat sich verändert, dachte er. Die Zeichen werden sichtbar, die Zeichen des Jüngsten Tages. Nachdem die jungen Bienen geschlüpft sind, schwärmen Bienen zu Hauf durch die Lüfte davon, finden dann einen Ast, an den sie sich hängen, von oben bis unten, dicht an dicht. Diesem Bild glich heute der Marktflecken Beyazit.

Mit der aufgehenden Sonne fing es in der Menge zu brodeln an, unter den Männern, hochgewachsen, mit spitzen Filzkappen, langen Schnurrbärten, eingehüllt in Ziegen-, Reh- und Fohlenfelle der verschiedensten Farben, und unter den Frauen mit ihren großen schwarzen Rehaugen, den schmalen Handgelenken, die, in weite Gewänder gekleidet, Kopfbedeckungen trugen, tausendfarbig bestickt, verziert mit goldenen und silbernen Ringen. Auch jetzt war kein Laut zu hören.

Im Verlauf des Vormittags ging eine Veränderung

vor in der brodelnden Menge. Alle miteinander kehrten sich dem Ararat zu, ließen ihren Blick unverwandt auf dem Berg ruhen. Und harrten der Dinge.

Mahmut Khan blieb dies nicht verborgen. Als er es sah, bekam er es ordentlich mit der Angst zu tun.

»Sie reden, nicht wahr, Ismail Aga?«

»Nein, sie reden nicht, mein Pascha, sie stehen nur da und blicken unverwandt auf den Berg. Einmal erhoben sie sogar die Hände und beteten still.«

Sie werden drei Tage so ausharren. Wenn sie auf dem Gipfel des Ararat kein Licht entdecken, werden sie sich über den Palast hermachen, ihn niederreißen, zerstören, keinen Stein auf dem andern lassen. Oder befällt mich Angst, grundlose Angst? dachte Mahmut Khan bei sich.

»Kommen noch mehr, Ismail Aga?«

»Ja, und zwar in Haufen... Woher kommen nur all diese Menschen? Wer bringt sie hierher?«

»Dieser widerwärtige, dieser gottlose Karawanenscheich!« schrie Mahmut Khan. »Diese Scheichs sind uns gegenüber immer feindselig gewesen. Wenn wir sie nicht auf unsere Seite bringen, gehen wir zugrunde, Ismail Aga, zugrunde. Zugrunde. Sie haben eine Kraft, die Wurzeln getrieben hat, Ismail Aga... Sie haben ihre Wurzeln im Volk geschlagen, die hunderttausend Jahre weit und tief hinabreichen, Ismail Aga. Wenn wir uns nicht mit ihnen vereinen...« – vom Fenster aus zeigte er auf die Menge –, »dann kommt es so, Ismail Aga...«

»Wir können sie jederzeit auf unsere Seite bringen, mein Pascha«, meinte Ismail Aga.

Mahmut Khan überlegte, ob er in dieser Nacht seine Familie, seine Männer um sich scharen, den Palast leer zurücklassen und fortgehen sollte. Dann aber fiel ihm ein, daß das vielleicht feige wäre und Istanbul davon erfahren könnte. Zudem war der Palast ringsherum eingekreist, wie konnte man da entkommen? Kämpfend...?

Plötzlich explodierte er: »Sobald ich alles überstanden habe, werde ich dem Karawanenscheich und dem Bey der Hoşap-Burg die Köpfe abschlagen lassen. Ich werde ihnen die Köpfe abschlagen. Wenn sie nicht gewesen wären, hätten die Leute nicht scharenweise meinen Palast belagert. Ihre Köpfe müssen rollen, müssen rollen! Ich werde sie ihnen abschlagen lassen, Ismail Aga! Ich werde es ihnen zeigen, sie werden schon sehen!«

Er brüllte aus voller Kehle. Seine Halsadern schwollen an, und er kannte sich nicht mehr. Redete und redete in einem fort und beruhigte sich dann allmählich. Bedächtig und leise fügte er hinzu: »Ich werde ihnen die Köpfe abschlagen, abschlagen, ja, abschlagen lassen, sobald ich diesem Unheil entronnen bin.«

Ismail Aga wartete, daß der Zorn Mahmut Khans, der mit dem Rücken an einer rosafarbenen Marmorsäule neben der Tür lehnte, sich legen würde.

»Sind auch die Barden, die Flötenspieler gekommen, Ismail Aga?«

»Hunderte von ihnen... Auch Hunderte von Trommlern. Sie warten auf die Hochzeit.«

»Hoffentlich leuchtet das Licht auf dem Gipfel des Ararat auf, Ismail Aga. Sonst...«

Er schämte sich, daß er so unvermittelt Farbe bekannt und seinem Vertrauten Ismail Aga seine Angst kundgetan hatte. Nunmehr wollte er nicht weiter mit der Sprache heraus und versuchte, ein anderes Thema anzuschneiden, doch ohne Erfolg. Schließlich zog er den Kopf ein.

Ismail Aga erkannte, daß er seine Worte bereute. Der Aga war ein aufrichtiger Mann. »Pascha«, versicherte er, »mein Pascha, wenn diese brodelnde Menge heute nacht auf dem Gipfel kein Licht sieht, ist es mit ihrer Geduld zu Ende, sie wird kommen, den Palast zerstören und uns alle töten. Warum verheimlichen wir das voreinander? Warum haben wir denn Angst, uns dies selbst einzugestehen? Es ist wie das Schicksal, halten wir es auf!«

»Aber wie?« fragte Mahmut Khan ungestüm. »Was für eine Lösung, Ismail?«

»Ändere deinen Sinn, Pascha. Gib deinen Wunsch auf. Geh zum Tor des Palastes und verkünde: Wenn eine so große Menge es will, so gebe ich euch zuliebe meinen Wunsch auf. Ich gebe Ahmet meine Tochter, euch zuliebe. Holt Ahmet her, damit wir Hochzeit feiern. Du wirst sagen: Euch zuliebe, um euch zufriedenzustellen, werde ich die Hochzeitsfeier selbst besorgen. Dann wird dich dieses Volk auf Händen tragen. Du wirst für sie den Platz gleich nach Allah einnehmen. Wir haben keine andere Wahl mehr.«

»Ich kann das nicht tun, sie könnten dahinter unsere Angst vermuten.«

»Es kommt ihnen doch gar nicht in den Sinn, daß wir Angst haben. Die Menge denkt niemals an Ränke. Sie ist wohlwollend.«

»Sie denkt immerhin, Ismail, nichts ist so klug auf die Welt gekommen wie eine Menschenmasse.«

»Du irrst, Pascha. Es wird für sie keinen Vorteil bringen, wenn sie den Palast niederreißen. Dennoch müssen sie es tun. Was auch danach kommt, sie sind dazu gezwungen, sie müssen uns töten. Vielleicht ist Ahmet jetzt bereits tot. Vielleicht hat ihn der Ararat verschluckt... Vielleicht...«

»Das stimmt, du hast recht, du hast in der Tat recht, aber ich kann es nicht tun, Ismail Aga. Ich kann mein Wort nicht zurücknehmen.«

»Auch sie haben Angst. Sie werden sich freuen, wenn du deinen Entschluß änderst. Daher wird es ihnen nicht einfallen, daß wir vor ihnen Angst haben. Ganz im Gegenteil, sie werden dich heiligsprechen, sie werden dich deiner Güte wegen in den Himmel heben. Epen werden sich um dich ranken.«

»Nein, ich kann es nicht tun, das übersteigt meine Möglichkeiten. Sie sollen mich nur töten. Und im übrigen, möglicherweise, womöglich... Womöglich bezwingt er sogar den Gipfel. Vielleicht sehen wir das Feuer heute nacht...«

»Niemals!« schrie Ismail Aga. »Der Ararat läßt keinen auf seinen Gipfel hinauf, sondern verwandelt ihn in Stein.«

»Der Karawanenscheich bringt Wunder zuwege. Vielleicht wird ein Wunder...«

»Der Ararat kennt keine Wunder. Er erlaubt niemandem, seine Jungfräulichkeit zu zerstören.«

»Vielleicht bezwingt Ahmet ja auch nicht den Gipfel, sondern zündet irgendwo weiter unten ein Feuer an.«

Ismail Aga strich sich über den Bart, lächelte und rieb sich die Hände: »Ahmet ist wahrlich tapfer, er ist losgezogen, obwohl er den Tod vor Augen hatte. Er wird den Gipfel schon erreichen.«

»Auch ich kann nicht zurücknehmen, was ich gesagt habe. Ich werde im Kampf sterben. Nun geh zu den Soldaten, sie sollen sich vorbereiten. Holt die Soldaten aus der Kaserne herein in den Palast. Wir werden im Kampf sterben.«

»Es wird keine Zeit für den Kampf bleiben, Pascha«, sagte Ismail Aga. »Ich kenne solche Menschenmassen. In Sekundenschnelle können sie uns alle vernichten.«

»Sie sollen es nur tun!« brüllte der Pascha. »Diese Sekunde lang wenigstens kämpfen wir. Geh nun und sag ihnen, sie sollen sich vorbereiten. Auch die in der Kaserne sollen kommen.«

Ismail Aga sagte nichts mehr. Er wußte, daß seine Worte nicht mehr zählen würden. Es gab keine Möglichkeit mehr, seinen Befehl auszuführen.

Der Abend nahte, und die Dunkelheit senkte sich herab. Das Tal unten war tiefschwarz von Menschen. Immer noch ergossen sich Ströme von Menschen ins Tal, stellten unablässig Zelte auf. Vor den Zelten begannen Feuer wie Sterne zu flackern.

Mit Einbruch der Nacht erhob sich die Menge. Ihre Augen richteten sich zum Gipfel empor. Die vielen Menschen, zu einem einzigen Herzen verschmolzen, warteten gemeinsam. Seit drei Tagen warteten sie nun auf das Feuer am Gipfel des Ararat, das wie der nahende Tag aufflammen sollte. Keine Sekunde ließen sie die Bergspitze aus den Augen.

Auch Mahmut Khan wartete in seinem Palast auf das gleiche Feuer. Alle schwebten in tausend Ängsten, die Menge auf der einen, Mahmut Khan auf der anderen Seite, und jeder wartete auf das Wunder, das sich am Gipfel des Ararat zutragen sollte.

Gegen Mitternacht krähten die Hähne. Auf dem Ararat-Gipfel regte sich nichts, aber auch gar nichts, außer den dort zu Hauf klebenden Sternen. Es dämmerte, und ein Komet wirbelte blau blitzend vorüber. Nicht weit entfernt von der aufgehenden Sonne glich er einem andersartigen, merkwürdigen Mond.

Ismail stürmte in Windeseile herein. Der Schweiß rann ihm herunter.

»Jetzt beginnen sie, vor sich hin zu murmeln und auf den Palast zuzumarschieren. Nicht alle, ein Teil von ihnen«, meldete er.

Mahmut Khans Augen funkelten vor Zorn. Seine Hand wanderte einmal zu seinem Säbel, dann wieder zu der goldüberzogenen Flinte mit dem Elfenbeingriff. Die ganze Nacht ging seine Hand immer so hin und her, in einem fort, während seine Augen den Gipfel anstarrten.

»Es gibt keinen anderen Ausweg mehr, mein Pascha. Keinen anderen Ausweg, der zur Lösung führt...«

Der Pascha gab sich geschlagen. Langsam, wankenden Schrittes, am Ende seiner Kräfte angelangt, raffte er sich mühsam auf und schlich zum Tor des Palastes. Er trat durch das Tor der Moschee, mehrmals wollten ihm im Hof die Beine den Dienst versagen, so daß er sich wieder zum Rückzug anschickte, doch er schaffte auch das nicht mehr. Schließlich erreichte er das Tor mit dem großen Bogen und den wunderbaren seldschukischen Ornamenten. Als die Menge ihn sah, verstummte das Gemurmel, und sie stand still, wie versteinert da. Atmete nicht einmal. Mahmut Khans große Augen glitten lange über sie hinweg. Langsam wogte sie hin und her, wie das Meer nach Ebbe und Flut.

Der Pascha lief zu der kleinen Anhöhe vor dem Palast. »Euch zu Gefallen vergebe ich Ahmet«, verkündete er. »Auch seine Hochzeit werde ich übernehmen. Da ihr nun einmal so zahlreich erschienen seid. Ich werde einen Mann ausschicken, der Ahmet zurückbringen soll. Wer von euch flink wie ein Wiesel laufen und gut reiten kann, soll Ahmet einholen und ihm ausrichten, daß der Pascha aufgegeben hat.«

Aus der Tiefe der Menge erhob sich ein Raunen. Einer Welle gleich lief es durch die Menge, die gespannt wie ein Bogen dastand. Wie ein Bogen, der gerade dabei war, sich wieder zu entspannen. So kam es dem Pascha wenigstens vor.

Scheinbar selbstsicher, aber mit klopfendem Herzen schritt er bedächtig die Anhöhe herab auf den Palast zu. Seine Männer folgten ihm in drei Schritt Entfernung.

Als der Pascha im Inneren verschwunden war, brachen eine Schar Berittene und viele junge Männer zu Fuß zum Ararat auf. Wie im Flug schwebten sie den Berg hinan.

An diesem Tag ließ die Spannung im Volk nach, die Menschen begannen zu reden, und in Beyazit summte es wie in einem riesigen Bienenkorb. Man stand faul in der Sonne da, legte die Hände in den Schoß, wußte nicht, was man tun, wohin man gehen sollte und streifte hierhin und dorthin.

Der Eisenschmied, der sich unters Volk gemischt hatte, rief voll Freude: »Der Gottlose mußte klein beigeben. Die Angst brachte ihn soweit. Er hatte eingesehen, daß sein goldener und silberner Mamorpalast zugrundegehen würde. Und weil er das einsah, gab der Gottlose nach.«

Alle schauten Hüso, den Eisenschmied, verwundert an.

»Wenn wir in jedem Fall so zusammenhalten, kann uns niemand beikommen. Die Berge, die Schahs können uns nicht trotzen. Niemand... Vorausgesetzt, daß wir so zusammenhalten.«

Manche, die dem Palast nahestanden, entrüsteten sich hinter seinem Rücken: »Feueranbeter, Feind jeder Religion! Was geht es dich an? Ob wir zusammenhalten oder nicht. Das Feuer betest du an, das Feuer.«

Doch der Eisenschmied hörte nicht, was man hinter seinem Rücken tuschelte.

Die Menschen drunten im Tal fluteten einmal über den Marktflecken hinweg, dann wieder zurück und warteten auf die Nachricht, die vom Ararat eintreffen mußte. Schon jetzt waren einige des Wartens überdrüssig geworden und kehrten in ihre Dörfer zurück. Mit der Zeit wuchs die Zahl derer, die nicht mehr ewig warten wollten und sich zum Aufbruch anschickten. Von jenem geduldigen Ausharren, jenem Zorn war nur wenig übriggeblieben.

Der Tag wich und machte dem Abend Platz. Das Seufzen und Stöhnen der gelangweilt herumstehenden Menge steigerte sich so, als wäre es mitten aus der Erde, aus den tiefsten Tiefen emporgestiegen. Nur einige Neugierige hoben dann und wann den Kopf und beobachteten den Gipfel des Ararat. Auch Mahmut Khan lief alle halbe Stunde zum Fenster und blickte empor zum Gipfel des Berges. Nur ein einziger wandte den Blick nie vom Gipfel, das war der Eisenschmied.

Ich habe ihm die Hand gereicht, dachte er. Der Ararat wird ihn nicht festhalten, er wird ihn zurückkehren lassen. Den Flammen, den Ordensgründern zuliebe wird der Ararat uns Ahmet zurückgeben.

Und heute war die Nacht des vierten Tages. Mit einem Mal zerriß ein Schrei die Nacht, der Schrei des Eisenschmieds. Und wie eine explodierende Kanonenkugel fegte ein Dröhnen über den Ararat hinweg. Der Berg zitterte und bebte. Aus den Kerbtälern hallte ein Poltern wie Kanonendonner. Aller Augen ruhten auf dem Gipfel des Ararat. Auf dem Gipfel flackerte ein Feuer. Es verschwand, wurde etwas später wieder sichtbar, um dann wieder zu verschwinden.

Das Stöhnen verwandelte sich in Freude. Ein Stimmengewirr, ein Freudentaumel erfüllte die Nacht. Trommeln und Oboen erklangen. Junge Mädchen und Männer begannen, sich im Reigen zu drehen. Ein großes Hochzeitsfest hob an.

Mahmut Khan grübelte: »Den Ahmet hat der Ararat nicht festgehalten. Warum wohl?«

Ismail Aga sagte: »Ahmet stammt vom Ararat. Der Ararat tut seinen Leuten nichts.«

Mahmut Khan brüllte: »Das ist eine Lüge! Da steckt etwas anderes dahinter!«

Und am Morgen kam Ahmet schweißgebadet, doch aufrecht auf dem Pferd sitzend zurück und hielt vor dem Tor des Palastes an. Die Menge umringte ihn. Sie erlaubte ihm nicht, zum Palast zu gehen. Statt dessen brachte sie ihn zu Hüsos Eisenschmiede. Ahmet küßte Hüso die Hand.

»Die Ordensgründer haben dir geholfen. Mögen sie von nun an immer mit dir sein«, sagte Hüso und segnete ihn, indem er Funken über ihn sprühte.

Gülbahar kam und blieb in einer Ecke stehen. Ahmet würdigte sie keines Blickes. Sein Verhalten bedrückte sie. Sie schwieg. Sollte dies nun das Ende sein? Und wenn, warum hatte dieser Mann sein Leben aufs Spiel gesetzt und auf dem Gipfel ein Feuer angefacht? Gülbahar durchschaute alles, und gleichzeitig verwandelte sich die Liebe in ihr in Zorn.

Hinter Ahmet ging sie hinaus. »Gehen wir!« sagte sie.

»Gehen wir!« sagte Ahmet.

Sie gingen nicht zum Palast, gönnten weder der Menge noch dem eigens für sie gefeierten Hochzeitsfest einen Blick. Sie küßten dem Karawanenscheich nicht die Hand, sondern bestiegen nur ihre Pferde und lenkten sie abermals hinüber zum Berg.

Am Hang des Ararat liegt ein See. Er ist so groß wie ein Dreschplatz. Sein Wasser tiefblau. Jedes Jahr, wenn auf der Erde der Frühling seinen Einzug hält, kommen an einem Morgen noch vor der Dämmerung alle Hirten vom Ararat zu diesem See. Sie werfen ihren Filzüberwurf über die roten Felsen, die rote Erde des Sees, lassen sich auf der tausendjährigen Erde der Liebe nieder und spielen, alle zugleich, auf ihren Flöten das Lied vom Zorn des Ararat. Und wenn der Abend hereinbricht, fliegt ein winziger weißer Vogel heran, taucht einen seiner Flügel in das tiefe Blau und flattert davon. Dort im Hintergrund wandert der

Schatten eines großen Pferdes über den See. In dem Augenblick, in dem er erscheint, verschwindet er auch schon wieder. Sobald der Tag sich neigt, beenden die Hirten alle auf einmal ihr Flötenspiel, versinken in der Dunkelheit, verlieren sich.

Sie zogen ihre Pferde am Zügel zu einer Höhle über dem Küp-See. In der Ebene darüber und weiter unten am Hang standen Zelte. Ihre matten Lichter verstreuten da und dort ihren Glanz über den Ararat. Ein scharfer, bitterer, schwindelerregender Geruch breitete sich überall aus. Es war der Herbst, der seinen Duft verströmte, der noch einmal so scharf roch wie alle übrigen Düfte dieser Welt zusammen. Er glich dem eines verfaulten alten Bergapfels. Trockenes Gras, verdorrte Blumen, einst kurzstielig, fleischig und kraftstrotzend, raschelten. Sie banden die Pferde an einen Busch. Ahmet bemühte sich, mit seinem Feuerzeug ein Feuer zu entfachen. Gülbahar sammelte rundum reichlich dürres Reisig. Sie nahmen am Rand des Feuers einander gegenüber Platz. Ahmet zog Brot und stark riechenden grünen Käse aus der Satteltasche. Sie aßen gemeinsam. Sie sprachen jedoch nicht, wagten es nicht einmal, sich in die Augen zu sehen. Nur wenn das Feuer auszugehen drohte, ging Gülbahar hinaus und holte einen Armvoll Reisig. Der Rauch biß ihnen in der Nase, was sie jedoch beide nicht spürten.

Aus dem Kerbtal in der Ferne kam ein Dröhnen, das den Berg erschütterte. Als wären Hunderte von Lawinen schlagartig zerborsten. Es war das Echo von gewaltigen Eisblöcken, die die Gipfel herabdonnerten. Und zu jeder Jahreszeit rollen den Ararat riesige Eisblöcke herab, deren anschwellendes Getöse schließlich im Kerbtal verhallt.

Gülbahar zog vor Angst und Sorge ihre Knie allmählich immer weiter an das Kinn heran. Sie rollte sich zusammen wie ein Ball. Draußen fegte der Sturm vorüber und legte sich wieder. Eine frostige Kälte brach herein, die dann aber wieder milderer Luft wich. Es war schon nach Mitternacht, und noch immer saßen sie einander gegenüber da und starrten ins Feuer.

Keiner von beiden konnte ein Wort hervorbringen.

Der Zorn in Gülbahar wuchs stetig. Wie tief auch ihre Liebe verwurzelt war, so packte sie jetzt doch ein unbändiger Zorn. Mit einem Mal platzte es aus ihr heraus: »Sag, Ahmet, du trägst etwas mit dir herum, sag es mir doch!«

Ahmet riß die großen Augen verwundert auf und bemerkte Gülbahar erst jetzt. Als hätte er sie seit Jahren zum erstenmal wieder gesehen. Als wäre sie eine sehr alte Bekannte, an die er sich nur mühsam erinnern konnte. Dies war aus seinem Gesicht zu lesen.

Ahmet war nicht imstande zu sprechen, wußte nicht, was er sagen sollte. Gülbahars Stimme war wie ein Feuersturm. Sie mußte unbedingt eine Antwort erhalten.

Ahmet richtete die Augen auf ihr Gesicht und verharrte so. Dann stammelte er mit unsäglicher Mühe, bleich wie der leibhaftige Tod: »Wie hast du mich gerettet, Gülbahar? Was hast du Memo gegeben, um mich freizukaufen? Wofür hat Memo sein Leben geopfert und meines gerettet? Wußte er nicht, daß es seinen Tod bedeutete, wenn er mich laufen ließ? Sag es mir. Wußte er es, oder wußte er es nicht?«

Er hielt inne, blickte Gülbahar in die Augen und wartete.

Gülbahar begann zu sprechen. »Er wußte es. Kein Kerkermeister, der die Kerkertür öffnet, kann damit rechnen, am Leben zu bleiben, nirgendwo auf der Welt. Kann in keinem Land Zuflucht finden; Memo wußte das. Deswegen trat Memo kämpfend den Rückzug an und stürzte sich über die Burg hinab.«

»Hast du ihm Gold gegeben als Preis für sein Leben?«

»Nein.«

»Hast du ihm Paläste geschenkt als Preis für sein Leben?«

»Nein.«

»Was hast du ihm also gegeben als Preis für sein Leben? Wieso hat er mein Leben gegen seines eingetauscht?«

»Nichts habe ich ihm gegeben, Ahmet. Er wollte nichts.«

»Nichts für meine Rettung?«

Gülbahar unterbrach ihn. »Ich habe ihm gesagt, daß ich ihm gebe, was er will, um dein Leben zu retten. Aber er wollte nichts.«

»Du hast ihm gesagt, daß du ihm alles gibst, was er will, nicht wahr?«

»Ja, ich habe ihm gesagt, daß ich ihm alles gebe, was er will. Aber er wollte gar nichts.«

Der Rest war Schweigen.

Das Feuer erlosch allmählich. Für Gülbahar war nun alles zu Ende. Sie verstand sehr wohl, was Ahmet sagen wollte.

Ahmet stand auf, nahm den Regenumhang vom Pferd und breitete Gras über den Boden. Aus der stark duftenden Besenheide des Ararat formte er ein Kissen, zog den Säbel aus der Scheide und legte ihn in die Mitte. Der Säbel funkelte matt im ersterbenden Licht der Glut. Er legte sich nieder und zog den Regenumhang über sich.

Gülbahar ging hinaus, holte einen Armvoll trockenes Gras und dazu noch ein wenig Reisig. Das Feuer flammte noch einmal auf. Ihre Augen ruhten auf Ahmets Gesicht, Augen voll Bewunderung und Sehnsucht, die sich nicht satt sehen konnten. Je mehr sie ihn ansah, desto länger wollte ihr Blick verweilen, konnte nicht genug bekommen; je länger sie ihn betrachtete, desto mehr wuchs ihre Liebe. In ihrer Ausweglosigkeit drehte und wand sie sich. Alles, alles war zu Ende... Alles. Ein heftiger Schmerz überwältigte sie. Ein Schmerz, dem sie nicht widerstehen konnte. Was sollte sie nun tun? Wohin gehen, bei wem Zuflucht suchen? Die Liebe erfüllte sie bis ins Mark. Hatte sie Ahmet denn nicht geliebt? Und wenn sie ihn wirklich geliebt hätte, hätte sie dann seinen Tod in Kauf genommen, so daß... Memo...

Sie wankte hinaus. Die Sterne stoben durcheinander. Fielen einmal auf den Ararat herab, um dann wieder himmelan zu steigen. Der Ararat hob und senkte sich, so daß er samt den Sternen ein wirres Knäuel bildete. Er dröhnte, bebte, stöhnte, stürzte in sich zusammen. Gülbahar kam zurück und ging wankend mit einem Arm voll Reisig hinein. Das Feuer flammte erneut auf. In Ahmets Gesicht kam immer mehr Glanz, es wurde melancholischer. Lag er im Schlaf, verging er vor Liebe oder war er einfach todmüde? Gülbahar hatte das Gefühl, als würgte sie etwas im Hals... Je länger sie es betrachtete, desto mehr Glanz erfüllte Ahmets Gesicht. Das Feuer loderte, wurde hell und groß, während Gülbahar sich wie ein Wurm krümmte. Die ganze Welt drehte sich, die fürchterlichen Schreie ließen die Felsen der Höhle knacken, die Sterne draußen flogen, wirbelten wild durcheinander, alles ringsum tobte und toste. Der Jüngste Tag war angebrochen.

Gülbahar versank plötzlich im Dunkel. In der Finsternis nur Ahmets Gesicht... Gülbahars Hand wanderte zu ihrem Dolch. Wie wild schlug und schlug sie damit um sich, irgendwohin, bis ihr Arm ermüdete und herabfiel.

Als sie die Augen öffnete, graute langsam der Tag. Ein laues Lüftchen trieb die scharfen Düfte in alle Himmelsrichtungen. Gülbahar sah Ahmet mitten in einem Lichtbündel drüben auf dem Felsen. Die Dunkelheit hüllte ihn halb ein. Sie stürzte auf ihn zu.

»Ahmet, Ahmet, Ahmet, komm, geh doch nicht... Ahmet, Ahmet, Ahmet!«

Ihre Stimme hallte weit über den ganzen Ararat. Sie löste Lawinen aus, die in die Kerbtäler hinabrollten und erschütterte den Berg durch und durch.

Je mehr sich Gülbahar Ahmet näherte, desto weiter entfernte er sich. Wenn sie stehenblieb, blieb auch er stehen, wenn sie lief, lief auch er ein Stück weiter. So gelangten sie zum Küp-See. Und im Küp-See verlor Gülbahar ihn. Sie barg ihr Gesicht in beiden Händen. Ließ sich nieder auf der kupfernen Erde des Küp-Sees. Starrte ins tiefe Blau des Wassers.

Seit jener Zeit erblicken alle, die am Küp-See vorbei ihres Weges ziehen, Gülbahar, wie sie dort am Seeufer sitzt, mit ihren langen schwarzen Haaren, die ihr wie Licht über die Schultern fließen, wie sie den Kopf in den Händen birgt und mit den Augen das tiefe Blau des Wassers zu ergründen sucht. Zuweilen erscheint Ahmet vor Gülbahars Augen im Wasser des Sees, dann öffnet sie die Arme, läuft ihm entgegen und ruft: »Ahmet, Ahmet!« Ihre Stimme hallt über den ganzen Berg. »Ahmet, Ahmet! Du hättest an meiner Stelle das gleiche getan, nun ist es genug, komm, Ahmet, Ahmet, Ahmet!«

Der See wallt auf, und Ahmet verliert sich wieder. Auch Gülbahar verschwindet, und ein winziger weißer Vogel kommt geflogen und taucht seinen Flügel in das tiefe Blau des Wassers. Und da gleitet der tiefschwarze Schatten eines Schimmels hinweg über den See.

Jedes Jahr, wenn im Frühling die Blumen hervorsprießen und die Erde erwacht, kommen die Hirten des Ararat von überallher, werfen ihren Filzüberwurf auf die kupferne Erde des Sees und lassen sich nieder. Sie setzen sich auf die Erde der tausendjährigen Liebe. Wenn es dämmert, ziehen sie die Flöten aus dem Gurt und stimmen das Lied an vom Zorn und von der Liebe des Ararat. Und wenn der Tag sich neigt, flattert ein weißer Vogel heran...

Yaşar Kemal im Unionsverlag

Yaşar Kemal
Memed mein Falke
Ein schmächtiger Bauernsohn wird zum Räuber, Rebellen und Rächer seines Volkes. Der bekannteste türkische Gegenwartsroman.
340 Seiten, broschiert, 26.–

Yaşar Kemal
Die Disteln brennen
Memed kehrt zurück ... Doch im Kampf gegen die Großgrundbesitzer muß er lernen, daß auch der größte Held nichts ausrichtet, wenn er einsam bleibt.
400 Seiten, broschiert, 34.–

Yaşar Kemal
Töte die Schlange
Eine wahre Begebenheit wird zum Stoff einer Tragödie: Wie kann es soweit kommen, daß ein kleiner Junge seine geliebte Mutter tötet?
112 Seiten, gebunden, 22.–

Yaşar Kemal
Auch die Vögel sind fort
Erstmals ein Roman von Yaşar Kemal über Istanbul: Hier sind Spitzbuben, Tagträumer und Gescheiterte die letzten Unversehrten in einer verstümmelten Zeit.
128 Seiten, gebunden, 24.–

Unionsverlag
Gletscherstraße 8 a
CH-8034 Zürich
(0041) 01 / 55 72 82

Yasar Kemal im dtv

Das Lied der tausend Stiere

»Es ist die große Ballade vom Kampf eines Nomadenstammes der türkmenischen Karacullu um ihr angestammtes Winterquartier, das ihnen von den ansässigen Bauern und Hirten immer heftiger streitig gemacht wird ... In einer reichen Sprache, in allen erdenklichen Schattierungen von Freude, Hoffnung und Verzweiflung, von Mut und Niedergeschlagenheit, von Trotz und Ergebung ziehen die Gestalten des Stammes vorüber ...«
(Neue Züricher Zeitung)
dtv 10377

Anatolischer Reis

Ein junger Landrat nimmt den Kampf auf gegen ausbeuterische Großgrundbesitzer, die in der anatolischen Landschaft Cukurova ohne Rücksicht auf die verarmte und von Malaria geplagte Bevölkerung riesige Landstriche für den Reisanbau überfluten lassen.
Yasar Kemal »kennt seine Welt aus eigenem Erleben. Er ist aus dem gleichen Holz geschnitzt wie sein Volk. Seine Gestalten stehen lebensecht vor uns und sind zum Greifen nahe.«
(New York Herald Tribune)
dtv 10704

Gelbe Hitze
Erzählungen

Yasar Kemal greift in den sechzehn Erzählungen dieses Bandes die Tradition der Wandersänger und Geschichtenerzähler auf und verbindet sie mit seiner eigenen Lebenserfahrung und dem Wissen um die soziale und politische Wirklichkeit seines Landes zu einem anschaulichen Bild des Lebens der Menschen in Südanatolien. »Kemal ist vor allem ein Chronist seines Volkes. Er hat die Gabe, Teilnahme zu wecken für die einfachen Leute, über die er schreibt. Der Leser, der aus reiner Neugier zum Buch greift, findet sich sehr bald zutiefst betroffen.«
(The Times Literary Supplement)
dtv 10933

Gabriel García Márquez im dtv

Laubsturm

Drei Menschen sitzen im Haus eines Selbstmörders und lassen in wechselnden Monologen die Vergangenheit an sich vorüberziehen. dtv 1432

Der Herbst des Patriarchen

García Márquez zeigt Allmacht und Schwäche einer Staatsmacht, die den Mangel an Legitimität mit Gewalt kompensiert. dtv 1537

Der Oberst hat niemand, der ihm schreibt

Ein kaltgestellter Oberst in einem kolumbianischen Dorf erkennt in seinem Hahn das Symbol der Hoffnung und des Widerstands. dtv 1601

Die böse Stunde

Anonyme Schmähschriften bringen Unruhe in ein kolumbianisches Urwalddorf. Es kommt zu einer Schießerei. dtv 1717

Augen eines blauen Hundes

In diesen Erzählungen sind Einsamkeit und Tod allgegenwärtig, die Dimensionen Raum und Zeit weitgehend außer Kraft gesetzt. dtv 10154

Hundert Jahre Einsamkeit

Die Geschichte vom Aufstieg und Niedergang der Familie Buendía und ihres Dorfes Macondo. dtv 10249

Die Geiselnahme

Ein sandinistisches Guerillakommando preßt politische Gefangene aus den Folterkammern des Somoza-Regimes frei. dtv 10295

Bericht eines Schiffbrüchigen

Zehn Tage Hunger und Durst auf einem Floß allein in der Karibik, ständig in Angst vor den Haien. Eine wahre Geschichte. dtv 10376

Chronik eines angekündigten Todes

Ein Mädchen wird in der Hochzeitsnacht nach Hause geschickt, weil es nicht mehr unberührt war. Seine Brüder beschließen, den angeblichen Verführer zu töten. Das Dorf sieht zu. dtv 10564

Das Leichenbegängnis der Großen Mama

Acht humorvoll-groteske Erzählungen des kolumbianischen Nobelpreisträgers. dtv 10880

Die unglaubliche und traurige Geschichte von der einfältigen Eréndira und ihrer herzlosen Großmutter

Sieben Erzählungen dtv 10881

Rafik Schami im dtv

Foto: Alexa Gelberg

Das letzte Wort der Wanderratte
Märchen, Fabeln und phantastische Geschichten

Warum verläßt Momo ihren Ehemann Rudolf S. und brennt mit J.R. durch? Wie legt ein kleiner Rabe einen Pfau aufs Kreuz? Was hat eine Wanderratte ihrem Volk oder vielmehr uns zu sagen? Auf solche Fragen weiß Rafik Schami sehr überraschende Antworten. dtv 10735

Die Sehnsucht fährt schwarz
Geschichten aus der Fremde

Durch seine Märchen ist Rafik Schami berühmt geworden, aber er weiß in den siebzehn Geschichten dieses Bandes auch vom ganz realen Leben zu erzählen, zum Beispiel vom Heimweh und der Diskriminierung der Arbeitsemigranten. dtv 10842

Der erste Ritt durchs Nadelöhr
Noch mehr Märchen, Fabeln & phantastische Geschichten

Zehn Geschichten entführen in eine bunte und bezaubernde Märchen- und Fabelwelt voller Geister, Könige, Riesen und kluger sprechender Tiere. Doch neben den altgewohnten Märchenfiguren begegnen wir auch dem Zahnarzt, dem kleinen Mädchen von nebenan und dem fremdländischen Jungen, die aus ihrem Alltag heraus eine Reise in das Reich des Phantastischen antreten. dtv 10896

Das Schaf im Wolfspelz
Märchen & Fabeln

Neun neue Märchen und Fabeln – vom Schaf, das so gerne eine Wolfsnatur gehabt hätte, vom Bäcker, der vor lauter Geldgier bereit ist, an Wunder zu glauben, und davon, was die Grille im Winter macht. dtv 11026

Der Fliegenmelker
und andere Erzählungen

Geschichten aus dem Damaskus der fünfziger Jahre. Es geht um Liebe und List, um Arbeit und Vergnügen. Im Mittelpunkt steht der unternehmenslustige Bäckerjunge aus dem armen Christenviertel, der Rafik Schami einmal gewesen ist. dtv 11081

Heinrich Böll im dtv

Foto: Isolde Ohlbaum

ROMANE

Irisches Tagebuch · dtv 1

Ansichten eines Clowns · dtv 400

Wo warst du, Adam? · dtv 856

Gruppenbild mit Dame · dtv 959

Billard um halbzehn · dtv 991

Und sagte kein einziges Wort
dtv 1518

Haus ohne Hüter · dtv 1631

Fürsorgliche Belagerung
dtv 10001

ERZÄHLUNGEN/ GEDICHTE

Als der Krieg ausbrach · dtv 339

Nicht nur zur Weihnachtszeit
dtv 350 · dtv großdruck 2575

Wanderer, kommst du nach Spa ...
dtv 437

Ende einer Dienstfahrt · dtv 566

Der Zug war pünktlich · dtv 818

Die verlorene Ehre der Katharina Blum · dtv 1150
dtv großdruck 25001

Das Brot der frühen Jahre
dtv 1374

Du fährst zu oft nach Heidelberg
dtv 1725

Das Vermächtnis · dtv 10326

Die Verwundung · dtv 10472

Das Heinrich Böll Lesebuch
dtv 10031

Was soll aus dem Jungen bloß werden?
Oder: Irgendwas mit Büchern
dtv 10169

HÖRSPIELE

Zum Tee bei Dr. Borsig
dtv 200

Hausfriedensbruch. Aussatz
dtv 1439

Ein Tag wie sonst
dtv 1536

GESPRÄCHE, SCHRIFTEN UND REDEN

In eigener und anderer Sache
Schriften und Reden 1952 – 1985
9 Bände in Kassette
dtv 5962

Eine deutsche Erinnerung
Interview mit René Wintzen
dtv 1691